COMPRENDRE ET PROTÉGER SON ADOLESCENTE

Béatrice **COPPER-ROYER**
Marie **GUYOT**

COMPRENDRE ET PROTÉGER SON ADOLESCENTE

Réseaux sociaux, rapport aux corps, sexualité, comportements à risque

À Violette et Eulalie, mes filles chéries,
qui m'ont inspirée, soutenue et encouragée
dans la vie comme dans l'écriture de ce livre.
MG

À Suzanne, Zélie, Léa et Jeanne.
BCR

Sommaire

Introduction

L'idée d'écrire ce livre sur les adolescentes âgées de 10 à 15 ans – cet âge n'est évidemment pas restrictif ! – nous est venue parce qu'aujourd'hui, sans doute plus que jamais, les adolescentes sont sous les feux des projecteurs. Dans l'actualité, avec la polémique sur la tenue portée au collège ou, bien plus dramatiques, les faits divers sur fond de harcèlement, cyber-harcèlement et de Revenge porn* dont les conséquences sont souvent très graves. Au cinéma, dans des films comme *Adolescentes*** ou *Mignonnes****. Dans la littérature, au travers de livres à succès comme *Le Consentement* de Vanessa Springora, *Zone grise* de Loulou Robert ou encore *Chavirer* de Lola Lafon.

En consultation, ces adolescentes sont nombreuses. Leur nombre s'est encore accru ces derniers mois, avec la crise sanitaire qui les a particulièrement ébranlées. Dans les cabinets des psychologues, elles évoquent leurs attentes, leurs difficultés, leur envie folle d'être prises « pour des grandes »,

---

* Revenge porn ou « vengeance pornographique » : pratique consistant à se venger d'une personne en rendant publics des contenus dits pornographiques l'incluant, dans le but évident de l'humilier. Ces contenus peuvent être réalisés avec ou sans l'accord de l'intéressé·e. Dans les deux cas, il·elle n'a jamais donné son consentement pour leur diffusion.

** Film documentaire de Sébastien Lifshitz (2019).

*** Film de Maïmouna Doucouré (2020).

alors que la maturité n'est pas toujours au rendez-vous. Elles cherchent des repères, s'angoissent de ce qu'elles désirent.

Évidemment, ces consultations surviennent souvent dans des moments de crise : disputes avec des amis, conflits avec leurs parents sur les limites qu'ils souhaitent leur poser – en particulier par rapport aux sorties –, désinvestissement scolaire, chagrin d'amour, mais aussi, et de plus en plus, comportements à risques, troubles du comportement alimentaire, scarifications, alcoolisation précoce. Avec en toile de fond un usage passionné et précoce des réseaux sociaux qui peut virer à l'obsession.

En une décennie, l'évolution de ces jeunes filles a été rapide, encouragée par une société qui veut sans cesse aller plus vite. Elles sont nées en même temps que les réseaux sociaux, sont pourvues d'un smartphone dès l'entrée au collège et parfois avant, se nourrissent – de jour comme de nuit – de séries qui mettent en scène des filles plus âgées, qui parlent de relations amoureuses et de sexualité en les banalisant à outrance, auxquelles elles s'identifient pleinement. À côté d'elles, leurs aînées âgées de 20 ou 25 ans paraissent parfois des saintes-nitouches !

Ne craignant pas les paradoxes, elles surconsomment tout en voulant sauver la planète. Elles baignent dans le discours des nouvelles féministes qui, certes, libère la parole des femmes, fait avantageusement bouger les lignes et évoluer les mentalités, mais qui leur est essentiellement livré par les réseaux sociaux, de façon souvent radicale et sans nuance, alors qu'elles n'ont ni la maturité ni l'expérience qui leur permettraient de pouvoir l'analyser finement. Il faudrait, sur ces sujets complexes, accompagner leur réflexion, ce qui est rarement fait.

Elles sont aussi très ambivalentes par rapport à leur image : elles se mettent en scène et s'exhibent sur Instagram, Snapchat ou encore TikTok sans mesurer les conséquences de ce qu'elles y publient. Les notions de pudeur et d'intimité semblent leur échapper : elles dépassent souvent les bornes, mais se désolent quand, par malheur, elles comprennent qu'elles se sont fait piéger. Car elles croient tout contrôler, ne rien avoir à apprendre de personne, et surtout pas de leurs parents. Certes, elles ne sont plus des petites filles, on se réjouit qu'elles grandissent et deviennent autonomes. Mais l'autonomie ne s'acquiert pas en un jour : elle se prépare, elle se construit pas à pas. Il faut les aider à mûrir en douceur, à ne pas griller les étapes, à comprendre qu'à vouloir aller trop vite, elles se mettent en danger.

En réalité, comme des funambules, elles sont sur le fil, dans un équilibre fragile…

Comme toujours, ce sont les plus vulnérables, celles qui manquent le plus de confiance en elles, celles qui souffrent de solitude, ou dont l'histoire familiale est lourde de traumatismes, qui risquent de basculer dans le vide. Les autres restent en équilibre, mais elles ont pourtant parfois besoin qu'on leur tienne la main, même si, souvent, elles la repoussent. Et cela n'est pas facile pour leurs proches… C'est pour cette raison que nous aimerions réfléchir à la meilleure façon, pour leurs parents ou les adultes qui les entourent, de les accompagner, de les guider vers l'autonomie.

Car beaucoup de pères et de mères aujourd'hui sont désemparés. Ils ont du mal à entendre leur fille, passée sans crier gare de l'enfance à l'adolescence. Ils s'inquiètent et la trouvent « trop petite » pour la vie qu'elle revendique. Mais devant son apparente assurance et ses protestations, ils sont ébranlés et ont du mal à trouver les limites, ne savent plus où les situer ni comment les poser. Certains abdiquent devant les conflits, d'autres font semblant de ne pas voir, mais tous sont effondrés quand la situation devient critique. Eux aussi ont parfois besoin d'écoute et de soutien quand leur ado de 13 ou 14 ans les inquiète, les déçoit ou les exaspère.

Dans ce livre, nous ferons d'abord un constat de ce qui différencie l'adolescence de ces jeunes filles d'aujourd'hui de celle de leurs aînées : une sorte d'état des lieux de ce qui a changé, ces dernières années, dans leur comportement, indissociable de l'évolution de la société.

Nous évoquerons le rapport au corps et ses changements nombreux et plus ou moins rapides selon chacune. Si les premières règles ou la formation de la poitrine sont souvent attendues, ces grandes transformations sont également déstabilisantes et pas toujours faciles à vivre, encore plus aujourd'hui dans notre société inondée d'images. Nous parlerons sexualité, dans un contexte où elle semble banalisée par les séries et la pornographie accessible à tous.

Nous insisterons sur la place d'Internet et des réseaux sociaux qu'elles utilisent avec passion, et qui – surtout lorsqu'elles les utilisent tôt, entre 11 et 13-14 ans – peuvent les mettre dans des situations périlleuses et les rendre particulièrement vulnérables. Les réseaux sociaux ont évidemment fait évoluer le regard qu'elles posent sur elles, sur leur corps qui se transforme et qu'elles rêvent parfait, comme ceux des images qu'elles scrutent sur leurs écrans. Elles l'apprivoisent comme elles peuvent, et parfois l'aiment, mais le malmènent aussi ! Les troubles du comportement alimentaire, que l'on repère chez des filles de plus en plus jeunes, nous le confirment, hélas.

Ils ont indéniablement une influence aussi sur leurs rapports aux autres, leurs parents bien sûr, mais aussi et peut-être surtout, les autres du même âge. Plus que leurs aînées, il nous semble que les adolescentes font précocement face à bien des paradoxes et qu'elles ont accès à tout un univers, rempli de filles plus âgées, univers qu'elles maîtrisent moins bien qu'elles ne le croient, et qui échappe au regard des adultes et à leur protection.

Si nous avons axé notre réflexion sur les filles, c'est parce qu'il nous apparaît que dans ces tranches d'âges, qui vont de la fin de l'école primaire au milieu du collège, l'évolution de leur comportement est plus franche. Cela ne veut pas dire que le comportement des garçons reste totalement inchangé et qu'ils sont plus à l'abri, mais force est de constater qu'entre 11 et 13 ans, alors que les filles sont déjà absorbées par Instagram, Snapchat et TikTok, qu'elles regardent sur YouTube les vidéos des jeunes influenceuses, que la télévision en famille a été remplacée par les séries de Netflix qu'elles dévorent de préférence sur leur smartphone, les garçons sont bien davantage pris par leur passion des jeux vidéo. Ceux-ci ont bien sûr leurs inconvénients, surtout celui de leur prendre un temps fou si on ne les arrête pas, mais ils restent des « jeux » auxquels ils jouent, surtout maintenant en réseau, avec leurs copains. Un peu comme s'ils prolongeaient la cour de récréation. Si, utilisés avec excès, ils ont une influence sur leur concentration, leur agitation, parfois leur agressivité, ils ne les précipitent pas, à l'inverse des filles, vers des comportements d'imitation des plus grands. Dans ces jeux, les mouvements identificatoires sont tournés vers des personnages de fiction, qui les renvoient à l'imaginaire. Alors que les filles, elles, s'identifient à de jeunes adultes en prise avec leur vie tumultueuse et semblent dans une confusion qui les fragilise.

Nous voudrions amorcer une réflexion – toujours étayée par des observations cliniques, des témoignages, des questions de parents –, qui aidera, nous l'espérons, les pères comme les mères à mieux comprendre leurs filles adolescentes. Comment les écouter vraiment, les guider, leur poser des limites sans les juger, garder le lien malgré leur indifférence ou leur hostilité ? Comment leur parler, trouver les mots justes, savoir aussi parfois se taire, comment leur donner des informations cohérentes, sans banaliser, mais sans dramatiser ? Les interrogations autour de la sexualité sont nombreuses, au cœur de leurs préoccupations, et ne doivent pas rester lettre morte. Consentement, orientation sexuelle, pratiques sexuelles… Toutes ces questions méritent d'être débattues. Mais comment les aborder ? Les adultes sont souvent mal à l'aise pour en parler avec les adolescentes…

Cet essai sur cet âge charnière, dans un monde en perpétuel mouvement, nous paraît nécessaire à l'heure où la transmission entre les différentes générations a perdu de sa force. Dominée par une communication entre « jeunes », qui fuse tous azimuts sur les réseaux sociaux, avec parfois un manque de recul et de nuance, cette transmission intergénérationnelle est considérablement décrédibilisée. Elle reste pourtant essentielle et garde tout son intérêt pour la construction de ces jeunes filles.

Elles ont la chance d'être nées dans une société qui ne cesse de leur parler des femmes : de leurs droits, de leurs combats et de leurs victoires pour plus d'égalité et moins de discriminations. Des femmes libres et autonomes, loin de la soumission d'antan et libérées des tabous qui mettaient sous cloche les désirs de leurs aînées. Elles ont donc un idéal puissant, des rêves, de l'ambition et c'est formidable. Mais pour qu'elles y accèdent et qu'elles ne soient pas trop déçues, il faut d'abord que leur socle soit solide. Il faut qu'elles acceptent – et c'est le rôle des adultes de le leur faire comprendre – de ne pas vouloir aller trop vite, au risque de se brûler les ailes.

Bien évidemment, les garçons, et les parents des garçons, doivent prendre leur part dans cette évolution afin que la société de demain soit la plus équilibrée possible.

①

Ados de plus en plus tôt ?

« Quand j'étais enfant, la vie me semblait simple. C'était facile à l'école, j'avais mes meilleures amies, je me sentais protégée par mes parents. Mais depuis que je suis entrée en sixième, je me sens souvent triste, j'ai l'impression que personne ne me comprend. Je ne sais pas si je suis encore enfant ou déjà ado. Ce n'est pas facile, de grandir… »

Madeleine, 13 ans

On se souvient tous de cette fameuse scène du film culte des années 1980, *La Boum*, où Vic (Sophie Marceau), après une discussion houleuse sur le thème de sa première « vraie » sortie, claque la porte au nez de ses parents. Tandis que son père (Claude Brasseur) demande, exaspéré, à sa mère (Brigitte Fossey) : « Mais qu'est-ce qu'elle a ? » Et cette réponse culte : « 13 ans ! »

L'ENFANCE S'ACHÈVE PLUS TÔT AUJOURD'HUI

C'était un autre temps bien sûr, rien à voir avec aujourd'hui… À l'époque, les codes de l'entrée dans l'adolescence, « à 13 ans », étaient facilement repérables : premiers boutons, premières règles, première opposition marquée… (Notez qu'en langue anglaise, on ajoute le suffixe « *teen* » qui signifie « ado », à partir de 13 ans. On dit en effet *thirteen*, *fourteen*, *fifteen*…) Une période qui n'était sans doute pas plus facile à vivre qu'aujourd'hui pour les principales intéressées et leurs parents, mais qui avait au moins le mérite d'être claire.

Car depuis plusieurs années déjà, on a le sentiment que l'enfance s'achève plus vite et que les petites filles passent, sans crier gare, du temps où elles jouaient à chat à la récréation ou à la poupée à la maison, à des comportements qui ressemblent à ceux de leurs aînées déjà adolescentes. Toutes ne sont pas, bien sûr, dans des comportements extrêmes et caricaturaux, mais avec l'évolution de la société et des modèles familiaux, la généralisation des smartphones, l'accès à Internet et aux réseaux sociaux, les choses ont changé, les comportements ont beaucoup évolué ces dernières années et l'entrée dans l'adolescence se fait de plus en plus tôt… C'est une tendance générale remarquée par les professionnels comme par les parents.

Chez les garçons, cette évolution n'est pas aussi remarquable et, à la fin du primaire, les groupes filles/garçons se mélangent peu et ont des activités différentes.

QUESTION DE PARENT

« Je ne reconnais plus ma fille »

« Charlotte est entrée en sixième il y a quelques mois et je ne la reconnais plus. L'an dernier, elle rentrait après l'école et me racontait sa journée en prenant son goûter. Depuis cette année, elle traîne après les cours avec de nouvelles amies que je ne connais pas ; et quand je lui demande comment s'est passée sa journée, elle me répond brièvement avant de s'enfermer dans sa chambre. Je ne sais pas comment faire pour retrouver notre complicité. »

Rassurez-vous : votre complicité n'est pas perdue, loin de là. Mais à l'entrée au collège, votre fille tient à vous montrer qu'elle n'est plus un bébé ! Ses amies deviennent sa priorité et elle se construit un monde, où vous, sa maman, son papa avez moins de place. Ne procédez pas par interrogatoire, vous aurez peu de chances d'avoir les réponses ! Partagez des petits moments qui maintiennent le lien : regarder un film, une série, écouter de la musique, voir une exposition, cuisiner, bricoler... Et montrez-vous disponible, car les adolescents veulent toujours être écoutés au moment où l'on s'y attend le moins !

EN ÊTRE OU PAS

Les plus précoces ont 10 ans. Elles sont en CM2 et déambulent à plusieurs dans la cour de l'école en discutant. Finis pour elles les jeux de l'épervier, les chats, les billes ou la corde à sauter qui faisaient leur joie quelques mois plus tôt. Maintenant, elles « parlent », partagent leurs points de vue, leurs états d'âme…

Elles forment des petits groupes bien cloisonnés, dont sont exclues celles qui auraient des allures de bébé ou des envies de jouer. Elles ne sont pas tendres entre elles et se regardent sans aménité. Les disputes et les rivalités sont nombreuses.

Certaines sont ainsi tristement rejetées. C'est ce que m'explique Fanny, 10 ans, en CM2 : « L'an dernier, j'étais tout le temps avec ma meilleure amie Élise. Dans la cour, on jouait ensemble. J'allais souvent dormir chez elle. Mais cette année, elle est devenue amie avec une nouvelle qui a redoublé et depuis, elle ne me calcule plus. Elle s'est acheté les mêmes baskets qu'elle, elles passent leur récré à discuter. Moi, j'aimerais bien jouer encore avec elle, mais j'ai l'impression que cela ne l'intéresse plus du tout… »

Comme le dit très bien Fanny, le changement chez certaines peut être très rapide et causer un écart important et violent, même dans les histoires d'amitié qui existaient depuis les petites classes…

Parents, c'est le moment de rassurer votre fille si elle se sent, comme Fanny, « abandonnée » par son amie. Vous pouvez lui expliquer ce qui se joue dans la tête de celle qui « fait la grande ». Et lui dire qu'en grandissant, les amitiés peuvent évoluer, car les goûts et les envies changent. Mais dites-lui bien qu'elle n'est pas pour autant devenue moins intéressante ! Bien sûr, ce n'est pas un moment facile, mais vous lui faites confiance : elle va le surmonter et se tourner vers d'autres qui lui ressemblent davantage.

QUESTION DE PARENT

« Ma fille de 11 ans a un petit copain »

« J'ai surpris ma fille Zoé, 11 ans, en train de parler avec sa copine de son "copain". Je trouve que sortir avec un garçon à 11 ans, c'est un peu jeune : je ne sais pas ce qu'ils font ensemble, et cela m'inquiète beaucoup. Faut-il en parler ? Et si oui, avec quels mots ? »

Sans tomber dans l'intrusion ou le jugement, ce serait bien d'avoir une discussion avec Zoé sur les rapports garçons-filles et la sexualité. Ses parents peuvent lui poser des questions comme : c'est quoi, être amoureux ? Quelle différence avec l'amitié ? C'est quoi, pour elle, « sortir avec un garçon » ? C'est le bon moment pour aborder ce genre de questions car les enfants de cet âge n'ont pas encore de vie sexuelle à proprement parler et redoutent moins d'être dévoilés. Mais les parents ont parfois peur de parler de sexualité ou sont mal à l'aise pour le faire. Il ne s'agit bien évidemment pas de parler de la leur, mais d'informer et de donner leur point de vue, sur la pornographie par exemple, de transmettre des valeurs.

Au collège, les histoires d'amour ne sont pas faites pour durer, et il ne faut pas y attacher trop d'importance. Mais parfois, elles font souffrir, déstabilisent. Il faut alors être capable d'en prendre la mesure, de soutenir et ne pas banaliser à outrance.

LA POPULARITÉ, UN LABEL

À ce moment-là, être « populaire » devient un label : on fait partie des populaires, ou pas. Et quand on est populaire, on a des allures d'ado, des comportements d'ado, un langage d'ado : on « sort » avec les garçons, c'est-à-dire qu'on les embrasse sur la bouche, on est « en couple ». Mais ce sont elles qui mènent la danse face à des garçons qui gardent souvent des allures d'enfants. Et l'on commente à l'infini les alliances qui se font et se défont.

QUESTION DE PARENT

« Ma fille s'habille trop sexy »

« Lilou, 10 ans, voulait absolument que je lui achète un crop-top. Comme j'ai refusé, elle a coupé l'un de ses tee-shirts et ne porte plus que ça le week-end, comme pour me narguer. Que faire ? »

Vous avez tout à fait le droit de refuser un crop-top à votre fille de 10 ans, en lui expliquant que vous trouvez qu'elle est trop jeune pour le porter et que cela attendra un peu. Lilou a besoin de vos limites et c'est l'éduquer que de lui montrer qu'il y a un temps pour tout. Elle joue les fortes têtes en portant son tee-shirt coupé le week-end. Prenez cela comme un jeu : elle se déguise en grande, et du moment qu'elle ne va pas à l'école avec…

À cet âge, le look a son importance et il vaut mieux avoir la panoplie adéquate pour ne pas se faire exclure ou critiquer sévèrement. Côté vestimentaire, les codes sont déjà là, et les plus Lolita d'entre elles savent parfois être très sexuées. Les plus « girly » portent des crop-tops, ces brassières qui découvrent leur nombril, des jeans moulants, des shorts très courts, des minijupes et parfois même des soutiens-gorges push-up pour faire pigeonner leur poitrine, menue ou déjà très développée. Selon les saisons, elles chaussent des bottes, des tropéziennes pailletées ou les dernières baskets à la mode. Le vernis à ongles n'est plus un accessoire pour jouer à la princesse : elles en raffolent, en mettent du bleu, du vert, du rose, du fluo… qu'elles choisissent avec délice, à deux ou à trois, dans un magasin dédié à la beauté. De temps en temps, elles s'offrent même, pour une dizaine d'euros, une pose de vernis au nail bar. Chose qui, une génération auparavant, restait l'apanage des jeunes femmes.

UNE ENVIE DE GRANDIR GUIDÉE PAR LA SOCIÉTÉ

Malgré ces attitudes d'adolescentes, chez la plupart d'entre elles, la puberté n'est pas encore au rendez-vous. Cela nous confirme ce que le sociologue Michel Fize remarquait il y a déjà une dizaine d'années : « Le désir de sortir de l'enfance est beaucoup plus fort aujourd'hui. Cela est dû à un environnement sociétal qui crée cette envie de grandir et d'accéder rapidement à la tranche d'âge supérieure. Toutes les conduites qui apparaissaient en fin de collège surviennent maintenant en fin de primaire. »

Ainsi, l'entrée dans l'adolescence n'est plus seulement connectée au phénomène physiologique : elle est avant tout culturelle. Ce ne serait plus le corps qui, sous la poussée hormonale, déclencherait des changements de comportements. Ces changements, tout aussi abrupts, seraient en lien avec l'environnement dans lequel vivent les enfants : abreuvés d'informations et d'images, peu à l'abri de la vie des adultes, les filles notamment, qui observent et imitent plus que les garçons depuis qu'elles sont toutes petites, sortent de l'enfance et adoptent des comportements d'adolescentes plus tôt que leurs aînées.

Un point de vue partagé par le philosophe Pierre-Henri Tavaillot : « Aujourd'hui, on constate une dissociation entre les changements physiologiques et l'entrée dans la culture ado. Bien avant la métamorphose pubertaire, les plus jeunes sont attirés par l'esthétique – les codes, l'apparence, la parure – de ce qu'ils considèrent être un âge d'or : celui des 13-20 ans. »

LE SMARTPHONE, UN ACCESSOIRE INDISPENSABLE POUR L'ADO…

Parmi les éléments qui ont contribué à l'accélération du processus d'adolescence, il y a bien évidemment le téléphone portable, et qui plus est le smartphone, qui souvent le remplace d'office. C'est l'accessoire indispensable pour montrer que l'on n'est plus une enfant. Et dès la sixième ou même avant, les « grands enfants » d'aujourd'hui le réclament à grands cris.

Ce sont le plus souvent les parents qui l'offrent, à l'occasion d'un anniversaire ou de Noël. 83 % d'entre eux pensent que c'est l'évolution normale des choses, que ne pas en équiper leurs enfants risquerait de les marginaliser. Mais en même temps, ils sont 90 % à redouter qu'ils en deviennent accros. Ils n'ont pas vraiment tort, car quand on les entend à l'occasion des consultations, on comprend bien que la gestion du téléphone dans leur vie familiale est devenue un vrai sujet ! Pour les filles comme pour les garçons.

… UN MOYEN DE PISTER LEUR REJETON POUR LES PARENTS

En effet, la question d'offrir ou non un téléphone à leur enfant dès les prémices de l'adolescence est plus complexe qu'il n'y paraît pour les parents. « Le mobile est l'objet d'un vrai malentendu entre parents et enfants, constate Michel Fize. Alors que les enfants le réclament pour "devenir grands", les parents l'achètent, eux, souvent pour continuer à "pister" leurs rejetons. »

« J'ai eu un téléphone quand je suis entrée en sixième, raconte Victoire, 12 ans. J'étais trop contente. Mais, depuis, ma mère m'appelle tout le temps après les cours, pour savoir où je suis, à quelle heure je rentre… Et si je ne la rappelle pas tout de suite, elle s'inquiète et m'envoie des SMS. J'en ai marre ! »

On peut comprendre la réaction de Victoire : elle qui attendait ce téléphone pour gagner en liberté se retrouve un peu « coincée » par le fait que sa mère en profite pour l'appeler trop souvent.

Ainsi, comme cette maman, la plupart des parents qui sont beaucoup plus dans une angoisse sécuritaire qu'autrefois et qui désirent « garder le contrôle » vont équiper leurs enfants d'un téléphone ou d'un smartphone afin de pouvoir les joindre à tout moment. En moins de dix ans, l'âge d'acquisition du premier smartphone n'a cessé de baisser. La dernière étude de Médiamétrie* établit à 9 ans et 9 mois l'âge moyen d'acquisition du premier téléphone. Près d'un enfant sur 8 entre 7 et 10 ans est déjà équipé et 2 enfants sur 3 entre 11 et 14 ans. Les enfants qui entrent en sixième sont donc, pour leur grande majorité, pourvus d'un portable ou d'un smartphone. Ils ont donc accès à Internet. Les filles sont particulièrement intéressées, et plus tôt que les

* En date du 10 février 2020, « La parentalité à l'épreuve du numérique ».

garçons, par les réseaux sociaux qui sont censés être ouverts à partir de 13 ans. Par ce biais, elles ont accès à des images, à des sites qui leur donnent envie de se projeter sans attendre dans la « cour des grands ».

QUESTION DE PARENT

« Ma fille de 9 ans réclame un smartphone »

« Juliette, en CM1, réclame un smartphone pour Noël. J'ai beau lui proposer d'autres idées, elle ne veut que ça. D'après elle, tous ses copains en ont. Mais à 9 ans, n'est-ce pas un peu tôt pour avoir un smartphone ? »

« Tous mes copains en ont », « tous mes copains le font » est un refrain qui, pour le coup, ne date pas d'hier. Mais aujourd'hui, les enfants l'utilisent beaucoup, car ils savent que leurs parents ne veulent absolument pas risquer de les marginaliser tant ils sont soucieux de l'intégration sociale de leurs enfants. Et d'une certaine façon, ils ont raison. Mais il faut aussi savoir garder le cap et être tranquille avec son jugement et ses valeurs. En CM1, à 9 ans, certains enfants ont des smartphones, mais certainement pas tous ! Pour la plupart, ils ne sont pas autonomes dans leurs déplacements. Or c'est cette autonomie qui va donner envie aux parents de doter leur enfant d'un téléphone, pour se rassurer eux-mêmes. Vous pouvez tout à fait dire à votre fille qu'elle aura à coup sûr un smartphone un jour, mais que pour l'instant, vous jugez que c'est trop tôt. Et effectivement, c'est trop tôt, car exposer un enfant de cet âge seul à Internet, c'est le mettre en danger. C'est précipiter votre fille dans des comportements de plus grandes alors qu'elle n'en a pas la maturité.

Parents, essayez de faire taire votre désir de tout contrôler et de tout savoir. Appeler votre enfant de temps en temps, d'accord, mais plusieurs fois par jour, sans raison, non ! Faire grandir ses enfants, les faire gagner en autonomie, c'est accepter de ne pas tout savoir et faire confiance à leur capacité de s'éloigner de vous sans forcément les mettre en danger.

UNE PÉRIODE DE LATENCE QUI DIMINUE

Si les causes sont multiples, la conséquence de ce coup d'accélérateur vers l'adolescence est la diminution comme peau de chagrin de ce que Freud a décrit comme « la période de latence ». Et c'est une vraie rupture avec le passé !

La période de latence se situe au sortir de la crise œdipienne, celle où les enfants, entre 3 et 6 ans environ, sont aux prises avec des sentiments très ambivalents vis-à-vis du parent du même sexe, et assez intenses vis-à-vis de celui du sexe opposé. Cette période œdipienne, souvent assez agitée, est aussi celle où peuvent s'exprimer des peurs, des difficultés pour dormir ou s'endormir, des colères parfois fortes. Une période fatigante pour les parents qui doivent affronter ces crises ou ces peurs, le jour et parfois la nuit !

Heureusement pour eux suivent des moments beaucoup plus calmes et harmonieux. Vers 6 ans commence en effet ce temps de « latence », où l'enfant s'ouvre aux apprentissages et élargit son univers affectif. Il noue des amitiés fortes. Ses copains d'école prennent de plus en plus de place, il aime les inviter à fêter son anniversaire et parfois à dormir. C'est un moment très agréable pour les parents, car l'enfant, s'il n'y a pas de complications ou d'événements traumatiques, semble disponible, enthousiaste, ouvert, curieux et peu critique vis-à-vis d'eux, qui sont toujours bien installés sur leur piédestal !

C'est donc un moment idéal pour partager avec eux des centres d'intérêt, des valeurs. Le monde des adultes ne leur est pas hostile, ils s'y sentent encore en confiance. Ils ne rejettent pas *a priori* ce que leurs parents ou leurs grands-parents veulent leur transmettre : leur culture, leur savoir, leurs goûts, leurs habitudes, l'histoire familiale. Ils apprécient au contraire les réunions de famille, les fêtes avec les rituels chaque année répétés, les vacances passées tous ensemble, les voyages et même les sorties au musée ! Forts de ces moments partagés dans l'harmonie et de ce qui leur est transmis, ils se construisent alors un socle solide, une sécurité intérieure, de bonnes capacités d'autonomie, qui leur permettront d'affronter plus sereinement les tourments qui vont suivre.

Auparavant, cette période était censée prendre fin avec une puberté bien installée, soit vers 12 ans pour les filles, 13 ans pour les garçons. Presque six ans de calme pour grandir, prendre de l'autonomie et une vraie maturité. Mais aujourd'hui, ce phénomène physiologique lié à l'activation du système hormonal ne semble plus déterminer l'entrée dans des comportements adolescents. Celle-ci se fait en amont. La période de latence a bel et bien cédé du terrain.

UNE SÉCURITÉ INTÉRIEURE FRAGILISÉE

Et ce n'est pas anodin. Car l'interruption précoce de cette période de construction de la personnalité fragilise cette dernière. Comme une maison dont on construit les fondations trop vite, le socle est moins solide. La sécurité intérieure, qui garantit une bonne confiance en soi, est moins assurée, les capacités d'autonomie sont plus fluctuantes. La défiance qui s'installe vis-à-vis des adultes, la remise en question des parents exposent précocement les jeunes à des influences extérieures vis-à-vis desquelles ils manquent de recul et de jugement.

Les filles, qui s'imprègnent plus facilement d'images que les garçons, qui plus tôt qu'eux sont fascinées par les réseaux sociaux, semblent plus concernées et donc plus vulnérables. Quant à leurs parents, ils sont plus que déconcertés : ils quittent une petite fille, à l'occasion par exemple des vacances d'été, et se retrouvent, parfois en quelques mois, face à une adolescente qui commence à revendiquer sa liberté et leur échappe peu à peu. Les réactions des parents varient en fonction de leur histoire, de leur vie, de la composition familiale : certains gardent le cap, tiennent bon et s'opposent sans éviter les conflits ; d'autres laissent faire, pas mécontents et parfois fiers de la précocité de leur progéniture. D'autres encore, pris par leurs soucis ou leurs priorités, ignorent ces changements.

Parents, ne baissez pas les bras : sous leurs airs affranchis, vos filles ont besoin de votre soutien, de vos limites. Vous pouvez valoriser le fait qu'elles grandissent, leur donner plus de liberté sans pour autant accéder à tous leurs désirs. Faites confiance à votre jugement, malgré la pression et les grincements de dents. Donnez-leur des perspectives : « Aujourd'hui, à 11 ans, je pense que ce n'est pas encore le moment que tu t'inscrives sur Instagram, mais bien sûr, ce n'est que partie remise, nous en reparlerons dans quelques mois. »

QUESTION DE PARENT

« Ma fille de 11 ans a un compte sur TikTok ! »

« Je viens de me rendre compte que ma fille Lila s'est inscrite sur TikTok, alors que cela n'est pas autorisé avant 13 ans et qu'elle ne nous a pas demandé l'autorisation. Nous sommes très choqués… Faut-il lui interdire ? Comment lui en parler de manière constructive ? »

Lila a transgressé un interdit, et ce n'est pas anodin. Cela mérite une discussion sur la confiance : pour que Lila puisse gagner en liberté, il faut que ses parents puissent lui faire confiance. Plus elle trahira leur confiance – ce qu'elle vient de faire –, plus ses parents seront contraints de la contrôler. Son inscription sur

Facebook devra donc attendre un peu. Car s'il y a des limites d'âge, c'est pour qu'elles soient respectées. Votre responsabilité de parents est de le rappeler, en expliquant que les différentes plateformes ont le devoir de protéger les plus jeunes.

L'ÂGE DU DÉBUT DE LA PUBERTÉ NE SONNE PLUS LA FIN DE L'ENFANCE

Le problème est que, quand le processus est lancé, il n'y a pas de retour en arrière. La page de l'enfance est tournée. L'adolescence est bien là et l'arrivée de la puberté va la confirmer. L'âge du début de la puberté ne sonne donc plus la fin de l'enfance. Les filles d'aujourd'hui sont pubères au même âge que leur mère. Car si depuis le début du xxe siècle, cet âge s'est abaissé régulièrement, passant de 14 ans à 12 ans dans les années 1960, il est maintenant stable, autour de 11 ans et demi, avec de grandes variantes personnelles. C'est donc au collège, en fin de sixième-cinquième que la puberté s'amorce ou se confirme.

Le désir d'autonomie va s'exprimer dans une multitude de petites choses. Ainsi, dès l'entrée au collège, les filles vont revendiquer plus tôt des droits accordés auparavant aux plus âgées : le droit de ne pas rester à la cantine pour aller déjeuner dans le quartier ; celui de ne pas rentrer directement à la maison après le collège, pour se retrouver en groupe et continuer à parler. Mais si elles cherchent cette autonomie – et parfois haut et fort –, elles n'ont pas pour autant acquis le sens des responsabilités qui devrait aller avec…

GRANDES, MAIS PAS TANT QUE ÇA...

C'est ce que raconte en soupirant Flora, 12 ans, qui vient juste de rentrer en cinquième. Elle ne comprend absolument pas que sa mère « s'énerve pour n'importe quoi ». Par exemple, « elle fait une crise parce qu'elle ne veut pas que j'aille dormir chez une copine si elle n'a pas téléphoné aux parents avant ». Une condition ridicule aux yeux de l'adolescente, mais pleine de bon sens pour sa mère. Elle explique en effet que, sous ses airs de grande fille autonome, Flora ne se prend pas du tout en charge pour son travail, a beaucoup de mal à aider dans la maison et passe son temps à oublier ses affaires. Pas si grande que cela finalement, Flora...

QUESTION DE PARENT

« Ma fille va à une fête sans adultes présents »

« Ma fille Hanna, 11 ans et en cinquième, est invitée à un anniversaire samedi soir. Les parents, que je ne connais pas, ne seront pas présents. Je ne veux pas lui faire de peine en la privant de cette invitation, mais en même temps, je ne trouve pas ça raisonnable... »

Vous posez là une question essentielle : la difficulté qu'ont certains parents à poser des limites, sous prétexte « de ne pas faire de peine ». Pourtant, en tant que parent responsable, il faut assumer gaiement le fait d'être détesté un moment ! Dans ce cas, Stéphanie pourrait appeler les parents de l'ado qui reçoit pour savoir ce qu'il en est vraiment, car ce qui n'est pas raisonnable, c'est de laisser des adolescents de 12 ans seuls, sans adultes alentour pour s'assurer que tout se passe bien. Elle peut facilement l'expliquer à Hanna. Certes, celle-ci risque de tempêter, mais elle comprendra aussi que vous prenez soin d'elle et de sa sécurité.

En résumé

- L'entrée dans l'adolescence est déconnectée du phénomène pubertaire. Aujourd'hui, elle se fait en amont, autour de 9-10 ans, par un processus d'identification aux images dont les filles s'imprègnent tôt. Il en résulte un changement dans leur manière de s'habiller et de se comporter avec leurs amies, une distance vis-à-vis de leurs parents, un désir d'autonomie même si elles ne sont pas forcément matures.

- Cette entrée précoce dans l'adolescence a raccourci une période de construction de la personnalité importante : la période de latence. Cette interruption « avant l'heure » peut rendre ces fillettes plus vulnérables et, contrairement aux apparences, les fragiliser, car elles n'ont pas fini d'acquérir une sécurité intérieure solide qui va garantir une bonne confiance en soi.

- L'acquisition précoce d'un smartphone participe à cette accélération. Les enfants ont ainsi accès à une multitude d'informations, aux réseaux sociaux, aux séries. Ils peuvent aussi communiquer quand ils le veulent avec leurs amis, qui deviennent des interlocuteurs privilégiés. Ils échappent alors trop vite à l'influence de leurs parents et à leur regard protecteur.

• Vis-à-vis du téléphone, les parents sont très ambivalents. S'ils en reconnaissent certains dangers, ils l'offrent de plus en plus tôt ! Ils assouvissent ainsi leur désir de contrôle, de joindre leur enfant à n'importe quel moment, de savoir ce qu'il fait et quand il rentre. Ils ne veulent pas non plus prendre le risque de déplaire à leur enfant qui leur serine que « tout le monde en a un ». Enfin, à l'heure où il est bon d'être populaire, ils redoutent aussi que leur enfant se sente isolé, mis de côté s'il n'en a pas.

Mes conseils

✔ Si l'adolescence survient de plus en plus tôt, et que votre fille de 12 ans a les vêtements et l'attitude des jeunes filles de 15 ans, n'oubliez pas qu'elle n'en a pas la maturité. Et que vous restez garant de l'autorité. Même si elle prétend le contraire, elle a besoin d'un cadre, d'horaires et surtout de votre présence et de votre attention.

✔ Même si, d'après votre fille, « tout le monde en a », vous n'êtes pas obligé de céder à la pression du smartphone avant l'entrée au collège, ou même plus tard si telle est votre décision. Elle fera peut-être pression, tentera de vous culpabiliser... À vous de résister !

✔ S'il est normal qu'à partir de la fin du primaire ou en début de collège votre fille délaisse ses vêtements de petite fille pour des tenues de « grandes », n'hésitez pas à poser des limites. D'ailleurs, de nombreux établissements scolaires interdisent les jeans troués, les tee-shirts montrant le nombril et les dessous apparents. Expliquez-lui qu'elle a bien le temps de les porter plus tard mais qu'en attendant, elle les garde pour le week-end ou les soirées d'anniversaire.

✔ Si vous sentez que votre fille s'éloigne de vous et que cette impression de complicité perdue vous peine, c'est normal : les jeunes adolescentes ont besoin de se construire un monde bien à elles, avec leurs ami·e·s, dans lequel les parents ont moins de place. Au lieu de la harceler de questions, essayez plutôt de transformer cette complicité de jadis en partage tout simple de bons moments. Proposez-lui un déjeuner dans son restaurant préféré, d'aller au cinéma voir un film qu'elle a choisi, de cuisiner avec elle ses cookies préférés… Quand on est parent d'ado, il faut savoir se montrer disponible. C'est souvent quand on s'y attend le moins, lors d'un trajet en voiture, en faisant la queue au cinéma, qu'ils se confient. Il faut alors saisir la balle au bond !

2

Les adolescentes et leur corps

« Pour mes 14 ans, j'ai très envie de me faire un petit tatoo. Un truc discret, là, au poignet, genre un petit cœur ou une étoile. Le problème, ça va être ma mère. Ça va la rendre hystérique. Déjà, quand je suis rentrée avec les oreilles percées l'année dernière, sans lui avoir demandé, ça l'a rendue dingue, alors le tatoo… »

Justice, 13 ans et demi

Beaucoup de filles aujourd'hui ont conscience très tôt du trouble qu'elles peuvent faire naître à travers leur image et donc à travers leur corps. Regardées et photographiées depuis le berceau par des parents qui, comme le dit le pédopsychiatre Daniel Marcelli, ne regardent plus leur enfant « comme un être à qui il convenait d'inculquer ce qui lui manquait », mais qui le perçoivent « au travers de son formidable potentiel et de ses étonnantes compétences », elles développent un souci de leur image et une conscience de leur pouvoir, beaucoup plus précocement que leurs aînées.

Dès l'école primaire, à travers leur façon de s'habiller, leur manière de se coiffer, à travers leurs postures aussi, leur corps va

« parler » et transmettre aux autres des messages sur « qui elles sont », beaucoup plus éloquents que de longs discours. Tout leur semble simple et maîtrisé, et certaines d'entre elles sont même dans une toute-puissance triomphante, reines pour un temps des préaux. Mais la puberté va arriver et venir compliquer la donne, redistribuer les cartes.

LA PUBERTÉ, UN GRAND CHAMBARDEMENT PHYSIOLOGIQUE

Même si, comme nous venons de le voir, l'adolescence démarre de nos jours avant la puberté, celle-ci va venir « remodeler » le corps mais aussi le psychisme de la fille. Elle va susciter chez elle des sensations nouvelles, des émotions complexes et des comportements nouveaux.

La puberté est un grand chambardement physiologique : chez les filles, l'hypothalamus active la sécrétion d'hormones qui vont « inonder » l'organisme et stimuler l'hypophyse, qui elle-même va produire d'autres hormones qui vont agir sur les ovaires.

Le premier signe pubertaire chez la fille est l'apparition du bourgeon mammaire. Les premiers poils pubiens suivent d'assez près. La vitesse de croissance s'accélère aussi : en quelques mois, la fille peut prendre quinze centimètres. La silhouette s'étire, mais s'élargit aussi au niveau des hanches et s'épaissit avec le développement d'une masse graisseuse beaucoup plus importante que chez le garçon.

Plus question d'être « aussi un peu garçon », comme me le disait joliment l'une de mes patientes…

Cette métamorphose du corps ne laisse évidemment pas les principales intéressées indifférentes, d'autant plus qu'elles n'ont pas d'autre choix que de s'y soumettre. Certaines s'en réjouissent, comme Noémie, 12 ans et demi, qui arbore avec fierté sa nouvelle brassière qu'elle a achetée elle-même avec son argent de poche et dit en souriant : « Depuis le temps que j'en rêvais ! » Pour d'autres, comme Charlotte, c'est plus compliqué : à 13 ans, elle a déjà une belle poitrine pour son âge et se tient les épaules voûtées, parce que « j'ai l'impression qu'on ne voit que ça, ça me gêne ».

Le professeur de pédiatrie Victor Courtecuisse – l'un des fondateurs en France de la médecine des adolescents – parle de « métamorphose sous la contrainte » et le Pr Philippe Jeammet, psychiatre de l'enfant et de l'adolescent, de « passage à l'acte de la nature ».

PAS FACILE DE FAIRE LE DEUIL DE SON ENFANCE

Même les jeunes filles qui, jusque-là, avancent d'un pas assuré – et aujourd'hui, elles sont plus nombreuses qu'autrefois – avec dans la tête l'idée que peu de choses leur résistent, sont impuissantes à choisir leur taille, leur tour de hanches et la forme de leurs seins. Adieu, la toute-puissance !

Leur corps sexué les contraint à en faire le deuil et, par la même occasion, à faire le deuil de leur enfance. Elles sont tout à coup nostalgiques de ce monde qu'elles connaissaient, où elles avaient leurs repères et leurs privilèges. Vers 10-11 ans, elles affichaient des allures de jeunes filles affranchies, mais finalement avec la tranquillité intérieure de l'enfant qui se sait à l'abri. Aujourd'hui, leur corps qui change leur confirme que l'enfance est définitivement derrière elles. Et elles s'inquiètent de l'avenir qui se profile, avec sa grande part d'inconnu.

LES POSSIBLES PEURS RÉGRESSIVES

C'est la période où, en consultation, ces jeunes filles peuvent exprimer des peurs régressives, de celles qu'elles ont pu avoir vers l'âge de 5-6 ans : la peur de dormir seule, celle des cambrioleurs…

C'est le cas de Manon, 13 ans, qui ne peut plus rester chez elle toute seule en sortant du collège. Ses parents, interloqués par cette angoisse soudaine, ne repèrent aucun événement particulier : pas d'agression, de cambriolage, de conflits familiaux. Les entretiens avec elle l'amèneront à exprimer cette nostalgie de l'enfance. Alors qu'elle revendiquait depuis son entrée au collège plus de liberté et d'autonomie, voilà qu'en quatrième, alors qu'elle devrait se réjouir des prérogatives obtenues, elle a tout à coup peur de tout ! Réglée depuis six mois, elle évoquera un peu plus tard dans nos séances des inquiétudes face à ce corps sexué et surtout face aux émois nouveaux que cette sexualisation fait naître en elle. Elle qui n'était pas timide du tout, s'exprimait sans entrave, ne se sent plus tranquille quand elle est dans un groupe de copains. « Je n'aime pas qu'on me regarde, dit-elle, j'ai peur qu'on me juge. » Perplexe quant à elle-même, pleine de doutes face à cette métamorphose, Manon ne se reconnaît plus, et de cette méconnaissance découle une certaine défiance face aux autres… et toutes ces peurs.

TROUVER DES OREILLES ATTENTIVES

Les réactions de l'entourage, quand elles sont positives, bien sûr, vont être déterminantes pour aider ces jeunes filles à apprivoiser ce corps nouveau et à reprendre confiance. Ces réactions, ce sont celles des adultes qui leur sont proches, parents en tête, grand frère ou grande sœur, grands-parents, mais d'abord et surtout celles des autres du même âge. C'est le moment pour les mères et les grandes sœurs, souvent plus proches, de montrer à ces jeunes adolescentes qu'elles sont là, qu'elles les comprennent et qu'elles peuvent être des oreilles attentives. « Ce pull te va très bien » ou « je trouve que tu as bien raison de te laisser pousser les cheveux » sont des remarques qui lui donneront confiance et l'aideront à affirmer son style.

A contrario, les remarques déplacées ou franchement agressives peuvent être pour elles une source de souffrance. Elles vont alimenter un manque de confiance en soi, des désirs de repli, une anxiété… En famille, par exemple, un frère systématiquement agressif ou moqueur peut, l'adolescence étant là, jeter le trouble.

C'est ce que me raconte Clara, 14 ans, dont le frère de 18 ans exprime vis-à-vis d'elle une sourde agressivité. « Il ne me calcule pas. À table, quand je parle, il soupire ou ricane. » Avant, cela ne l'affectait pas : enfant sociable, Clara trouvait beaucoup de joie auprès de ses copines d'école. Mais désormais, l'attitude de ce grand frère qui « réussit bien », qui a l'écoute de ses parents qui sont très fiers de lui, lui laisse penser qu'elle n'est pas à la hauteur : « Pour lui, je suis nulle et moche », dit-elle, tristement convaincue qu'il détient la vérité. L'adolescence venant, la reconnaissance du frère aîné – pas vraiment un père, mais plus qu'un ami – est importante et recherchée par sa jeune sœur : il passe nécessairement les étapes en premier, acquiert plus tôt de l'assurance, son jugement compte. Clara aimerait donc se rapprocher de son frère, être avec lui dans la « cour des grands », mais il lui signifie par ses sarcasmes qu'il n'en est rien.

UN SENTIMENT DE REJET DOULOUREUX

Les moqueries ou les commentaires ironiques des autres du même âge peuvent les déstabiliser profondément et durablement.

Aujourd'hui plus qu'hier, l'agressivité que les adolescents ont toujours eue par moments les uns envers les autres prend une autre dimension. Souvent démesurée. Elle résonne à l'infini sur les réseaux sociaux. Les conséquences peuvent être dramatiques, nous en reparlerons.

En classe, le sentiment de rejet que certaines peuvent avoir, parce qu'elles ne sont pas, ou ne sont plus, intéressantes et valorisantes aux yeux des autres est très douloureux.

Camille, 13 ans, est élève de quatrième dans un collège tranquille du centre de Paris. Très grande, avec une poitrine assez forte, elle est réservée et timide. Encombrée de ce corps de femme, on sent bien dans sa posture qu'elle aimerait « s'effacer ». Elle m'explique que tout allait bien jusqu'à l'année dernière.

Et puis en un an, elle a beaucoup changé physiquement. Tous ces centimètres pris dans tous les sens l'ont déstabilisée. « Mes amies n'ont pas changé autant, pas brutalement, comme moi. J'avais l'impression que l'on n'était plus pareilles. »

Camille décrit bien le sentiment d'étrangeté à soi-même que peuvent ressentir certaines adolescentes ; mais elle l'étend aux autres, c'est-à-dire qu'elle projette que les autres ne la reconnaissent plus non plus. Qu'ils la voient désormais comme un possible objet de désir, ce qui pour elle est à la fois excitant mais surtout inquiétant. Forte de cette conviction, elle va, sans le vouloir, se replier et par conséquent récolter ce qu'elle redoute : l'exclusion du groupe, le rejet. Un moment douloureux qu'elle parviendra à surmonter en séance, en reprenant peu à peu confiance en elle.

Parents, soyez attentifs aux ruptures dans les comportements. Si votre fille partait encore il y a peu gaiement au collège, parlait avec légèreté de ses copines, et qu'elle devient sombre et se replie, ne faites pas semblant de ne pas voir. Dites-lui, par exemple : « J'ai l'impression que quelque chose ne va pas en ce moment. » Émettez des hypothèses : « Tu t'éloignes peut-être de tes amies ? » ; donnez quelques clés de compréhension : « Vous êtes toutes à un âge où tout bouge, mais pas forcément au même rythme, cela peut devenir un peu compliqué. » Si son malaise dure, proposez-lui de consulter. Quelques séances avec un tiers, à l'écoute des adolescents, pourront la rassurer.

QUAND L'ACNÉ FAIT SON APPARITION

Cette confiance en elles, si fragile, elles la perdent parfois aussi car leur peau leur joue des tours. C'est l'enfer de l'acné. Quelques petits boutons pour quelques-unes, une véritable invasion pour d'autres. Leur souffrance par rapport à ces boutons disgracieux n'est pas forcément proportionnelle à l'ampleur des dégâts…

Pour Lucie, 15 ans, « le pire moment, c'était l'année dernière. J'avais plein de boutons, je ne pensais qu'à ça et du coup, je ne parlais plus à personne. Je ne voulais pas qu'on me regarde. Au bout de quelques mois, ma mère a bien voulu que j'aille voir une dermato. Elle m'a donné un traitement. Cette année, ça va mieux », dit-elle en tendant son visage vers moi pour que je constate par moi-même.

J'ai souvent observé qu'en tant qu'adultes, nous ne prenons pas toujours la mesure du mal-être que l'acné entraîne chez les filles. Un grand nombre de parents, comme la mère de Lucie, trouvent que ces quelques boutons sont loin de défigurer leur jolie fille, alors que de leur côté, elles se sentent réduites à ces envahisseurs qui les persécutent. Alors, pourquoi ne pas leur proposer, dès lors que l'acné apparaît, de prendre rendez-vous chez le dermatologue et de les accompagner à la pharmacie pour acheter des produits adaptés ? Ces propositions, à condition qu'elles soient faites en tête à tête et ne soient pas intrusives, font comprendre aux adolescentes qu'on est là, que ces petits désagréments sont normaux, qu'il y a des solutions à leurs problèmes, mais aussi que des professionnels, autres que les parents, peuvent les accompagner et les aider.

La romancière Vanessa Bamberger en a fait le thème de son dernier livre, *L'Enfant parfaite*. Elle y décrit très bien l'immense mal-être de son héroïne Roxanne, obsédée par son acné, et l'incompréhension de ses parents qui n'arrivent pas à entendre sa souffrance : « Tu as tout pour être heureuse », lui répond son père, « On est tous passés par là », rétorque sa mère. Sans doute, mais est-il nécessaire de rappeler que l'époque n'est plus la même ? À l'heure où, à force de traitements d'orthodontie quasi systématiques, jeunes filles comme jeunes hommes affichent une dentition parfaite, on peut imaginer qu'il soit difficile pour une adolescente d'assumer ses boutons en se disant que « ça va passer »...

Et pourtant – et c'est le signe d'une époque décidément bien contradictoire –, en réaction à cette culture de la perfection, on voit se développer des mouvements où les jeunes affichent, sans complexe, leurs imperfections sur les réseaux. Ils les revendiquent même, à grand renfort de hashtags, qui – on l'a vu récemment avec le #MeTooInceste – sont devenus une arme de choix pour lutter contre un phénomène ou s'engager pour une action. Et les « kilos en trop » ou la « beauté naturelle » y ont leur place. Ainsi, quand, en 2018, une ex-mannequin a lancé sur Instagram le slogan #FreeThePimple ("libère le bouton"), s'inspirant du mouvement #FreeTheNipple contre la censure des seins dans l'espace public, pour briser le tabou des peaux imparfaites, beaucoup de jeunes ont depuis affiché des selfies montrant leur visage couvert d'acné.

DES RAPPORTS AVEC LES AUTRES MODIFIÉS

Malentendus, incompréhension, sentiment de ne pas parler la même langue que leurs parents sont contrebalancés par un besoin d'affirmer leur singularité. Décidément, la puberté fait bouger les lignes. Plus rien n'est comme avant.

Ce corps qui a perdu la quiétude de l'enfance, ces émois nouveaux modifient bel et bien les rapports que ces filles ont avec les autres. L'attrait, l'envie de séduire ou d'être séduite sont des émotions vis-à-vis desquelles domine la plus grande ambivalence.

C'est ce que me dit Charlotte, 15 ans, qui « a plein d'embrouilles avec ses potes ». Rien de tout cela l'année dernière, précise-t-elle. Quand je l'amène à réfléchir à ce qui aurait pu conduire à ce changement, elle s'explique clairement : « J'ai eu mes règles seulement l'année dernière. Jusqu'en troisième, j'étais la petite, un peu le bébé de tout le monde. Et puis cet été, j'ai changé. Je n'avais pas de poitrine, et maintenant j'en ai. Quand je suis arrivée en seconde, un copain me l'a fait remarquer en rigolant. Moi, ça m'a vexée. Depuis, j'ai l'impression qu'ils parlent de moi tout le temps, qu'ils se foutent un peu de moi. » On sent chez Charlotte à la fois une certaine excitation de ce regard nouveau posé sur elle, et en même temps sa perplexité sur la manière de réagir face aux autres qui ne la voient plus « comme une petite ».

LES PARENTS, DES CIBLES PRIVILÉGIÉES

Tous ces changements vont aussi faire évoluer les rapports que les adolescentes entretiennent avec leurs parents. Ils deviennent les cibles privilégiées de leurs sautes d'humeur, de leur agressivité. Plus les liens auront été forts, plus elles n'auront de cesse de les casser pour bien se prouver qu'elles ne sont plus des bébés.

Avec leur père, la partie peut être rude, car les fantasmes incestueux planent et inquiètent. Enfant, la fille se lovait dans ses bras avec bonheur, aujourd'hui elle fuit le moindre contact. J'en ai vu plus d'un désemparé par l'éloignement de sa fille, voire son rejet. J'ai en tête cette fille de 14 ans qui, du jour au lendemain, ne voulait plus partir en vacances avec son père, divorcé, alors que les années précédentes, elle s'en faisait une fête. Ou une autre du même âge, qui refusait de dîner avec lui sous prétexte « qu'il faisait du bruit en mangeant ».

Il peut y avoir un rapprochement avec la mère, une complicité nouvelle, surtout si celle-ci a su l'accompagner avec finesse dans son évolution : achat de la première brassière, conseils, attention et bienveillance au moment des premières règles… Cette proximité la rassure, l'apaise.

Pour d'autres, hélas, la mère peut apparaître comme une rivale. Si, dans leur for intérieur, elles la parent de mille et une qualités, si elles la jugent séduisante, encore « jeune », brillante, jolie, elles peuvent être très dures.

En effet, les mères d'aujourd'hui ne sont plus les mères d'autrefois. À 45 ou 50 ans, elles peuvent avoir des allures de jeunes femmes épanouies, s'habiller comme leur fille, avoir des relations fortes et joyeuses sur un plan amical comme amoureux, ce qui peut attiser un sentiment d'infériorité ou d'envie chez leurs filles, qui, elles, se cherchent et sont mal dans leur peau.

C'est le cas de Marine, la cinquantaine radieuse, qui est en plein conflit avec Rose, sa fille de 13 ans : « J'ai vraiment l'impression que je suis sa pire ennemie, me dit-elle, effondrée. Elle me parle mal, n'a aucun respect, je suis celle qui ne comprend jamais rien. Dans sa tête, plus bornée que moi, ça n'existe pas ! » En réalité, Rose essaie de la faire tomber du piédestal solide où elle l'a installée et elle a bien du mal, car sa mère, sans du tout le chercher, lui renvoie une image fantasmée de femme idéale.

Ce corps transformé, modelé, sexué, l'adolescente va devoir l'apprivoiser pour se construire peu à peu une autre identité. Ce corps va dire aux autres : « Voilà qui je suis aujourd'hui ». Se reconnaître, être reconnue : l'enjeu est de taille, et la tâche peu aisée. Les oscillations vont donc être nombreuses, car l'adolescente va balancer entre un désir de conformité au groupe, pour y être reconnue, et un besoin de se singulariser, pour trouver sa véritable identité.

Parents, rassurez-vous, cela n'est qu'un passage ! Désagréable, certes, mais à la hauteur de l'attachement que votre fille a pour vous. Acceptez cette évolution dans vos rapports. Exigez le respect, qui confirme votre place, mais n'attendez pas les câlins d'autrefois. Trouvez d'autres façons d'être ensemble : regardez un bon film, faites-lui découvrir un livre, cuisinez, bricolez, partagez un sport (running, vélo ou autre), qui peut vous faire passer un bon moment de partage. Ce que votre fille redoute, c'est trop de proximité. Mais elle sera heureuse d'être avec vous dans une distance acceptable !

TEINTURE DE CHEVEUX ET COIFFURE

Plus que leurs aînées, les adolescentes d'aujourd'hui n'ont plus peur d'utiliser ce qui pouvait sembler réservé aux adultes. Le maquillage, bien sûr, qui est à cet âge-là la meilleure arme pour affirmer sa féminité, paraître plus âgée, ressembler à une femme. Mais ce qui a surtout changé ces dernières années, c'est l'utilisation précoce et fréquente de la teinture de cheveux.

Adèle, 15 ans, a ainsi changé trois fois de couleur en six mois, passant du noir corbeau au blond clair, sans demander l'avis de personne et surtout pas de sa mère qui se demande quelle sera sa prochaine lubie.

Jadis réservée aux femmes, la teinture de cheveux est un moyen, pour les jeunes filles, d'affirmer leur singularité, d'« oser » s'imposer, même si cette tendance est, encore une fois, très influencée par les réseaux sociaux…

D'ailleurs, pour beaucoup d'entre elles, la coiffure est un vrai sujet : cheveux longs, chignons coiffés ou décoiffés, mèches de couleur, frange ou pas frange, elles peuvent s'interroger pendant des heures devant la glace sans être très sûres de la réponse.

Leurs mères, qui il y a encore peu de temps décidaient de la longueur de leurs cheveux et les coiffaient à leur guise, n'ont plus ce pouvoir-là. Et leurs filles le leur font bien savoir.

Parents, soyez prudents dans vos commentaires, dans le choix des mots que vous utilisez. Les « c'est horrible », « c'est vulgaire » vont l'agresser et lui laisser penser que vous la jugez « nulle » ! Les suggestions seront plus recevables : « C'est pas mal, mais si tu essayais ça ? »

TATOUAGES ET PIERCINGS

Autre signe des temps, autrefois impensable pour des jeunes filles de ces âges, le tatouage, qui est à l'honneur ! Et pour cause : la très grande majorité des chanteuses, des chanteurs, des rappeurs, des Youtubeurs affichent leurs tatouages comme de véritables œuvres d'art !

Pour ces adolescentes qui cherchent à apprivoiser leur corps, à se l'approprier, se faire tatouer peut être la preuve qu'elles ont acquis une nouvelle identité. Sorte de rite initiatique qui les sort de l'enfance, symbole « rock » s'il en est, le tatouage a aussi pour elles l'avantage majeur de contrarier leurs parents ! Comme pour la coiffure, elles leur signifient ainsi que leur corps leur appartient, qu'il n'est plus ce corps de bébé, fragile et vulnérable, qui avait besoin de leurs caresses, de leur tendresse, de leur avis aussi pour s'épanouir et se développer.

Les tatouages sont aussi une valorisation narcissique, qui vient compenser la difficulté de vivre avec ce corps nouveau qui est parfois si décevant, si encombrant. Le corps décoré, idéalisé, devient support d'un récit imaginaire qui adoucit la réalité. Il donne à voir aux autres une histoire faite pour les séduire. Mais il y a aussi une résonance avec la violence que ces ados peuvent ressentir face à cette métamorphose, puisque « se faire tatouer », se faire « pénétrer » par ces aiguilles reste douloureux.

QUESTION DE PARENT

« Ma fille veut se faire tatouer ! »

« Ma fille Lou veut absolument se faire tatouer. Elle a déjà choisi son motif, a trouvé une adresse et compte y aller bientôt avec une amie dont les parents semblent d'accord. Comme elle n'a que 14 ans, elle a besoin d'une autorisation écrite des parents, mais la connaissant, elle est bien capable d'en rédiger une elle-même et d'imiter ma signature. Chaque fois qu'on aborde le sujet, ça tourne à la crise. Comment faire ? »

Les crises à l'adolescence sont parfois nécessaires. Il ne faut pas les éviter à tout prix, mais il faut toujours essayer de donner des perspectives : par exemple, dans ce cas précis, dire : « Tant que tu es sous ma responsabilité, je ne cautionnerai pas un tatouage. Si plus tard tu en veux toujours un, ce sera de ta responsabilité, libre à toi de le faire. »

Les piercings me paraissent avoir une fonction proche. Autrefois, pour certaines filles, se faire percer les oreilles était très transgressif. Aujourd'hui, ce sont les piercings, parfois nombreux, dans le nez, près des sourcils, sur les oreilles, le nombril, la langue, qui leur prouvent qu'elles sont maîtresses de leur corps, loin des codes parentaux qui les rattachent à l'enfance. Apparus dans les années 1970 avec les punks et leurs épingles à nourrice, ils n'ont pas bonne presse chez les parents qui les associent souvent à une mise à mal des valeurs établies.

C'est le cas de Marie, désespérée parce que sa fille de 15 ans s'est fait faire un piercing dans le nez. « Quand j'ai vu le piercing de Louise, j'ai failli m'évanouir. Un anneau dans le nez, comme une vache ! C'est horrible, vulgaire. Elle qui est si jolie… Ça peut paraître bizarre, mais j'ai été vraiment choquée, comme si ma fille était sortie nue dans la rue, comme si elle me rejetait, comme si elle me faisait un gros bras d'honneur. J'en ai pleuré toute la nuit. »

Marie, rassurez-vous : votre fille ne vous rejette pas, elle cherche à sortir de l'enfance et à se construire une nouvelle image conforme aux modèles qui l'inspirent. N'hésitez pas à lui dire que cela vous contrarie, cela lui confirmera avec bonheur qu'elle n'est plus votre bébé, mais ne pleurez pas, car elle va penser que vous cherchez à la culpabiliser, ce qui n'arrangera rien : furieuse, elle risque d'aller plus loin !

LES CODES VESTIMENTAIRES COMME SIGNES D'APPARTENANCE À UNE TRIBU

Les codes vestimentaires sont également importants. Là encore, ils vont participer à la construction de cette nouvelle identité. Certaines adolescentes, plus affirmées, s'essaient à quelques extravagances, sans avoir peur des regards mais au contraire pour les attirer. Elles affichent ainsi leur indépendance, leur créativité, et c'est tant mieux ! Mais beaucoup sont au contraire dans un conformisme aux codes du plus grand nombre qui les rassure. C'est une période où elles peuvent harceler leurs parents pour avoir le jean qu'il faut, ou les baskets à la mode.

Les codes vestimentaires confirment aussi l'appartenance à une tribu, et la reconnaissance de ses membres est un soutien essentiel.

QUESTION DE PARENT

« Ma fille veut une paire de baskets à 250 euros ! »

« Pour son anniversaire, ma fille Laura, 13 ans, nous réclame une paire de baskets à 250 euros, celle que "toutes ses copines ont". Comme j'ai répondu que c'était trop cher, elle a demandé une participation à ses grands-parents, à sa marraine. Moi, je trouve ça ridicule de mettre tant d'argent dans des baskets, que je trouve en plus affreuses. Comment lui faire entendre raison ? »

C'est bien que vous lui fassiez entendre vos valeurs : des baskets à 250 euros qui ne lui plairont plus dans six mois, c'est dommage, car c'est beaucoup d'argent. Demandez-lui ce qu'elle pourrait faire avec cette somme, qui lui plairait aussi, pour la faire réfléchir. C'est également une bonne occasion de parler avec elle du budget, des limites, et de la société qui nous pousse à consommer toujours plus. Mais si elle réunit la somme, sans augmenter votre contribution, laissez-la faire : c'est son argent, elle en dispose comme elle l'entend. Elle apprendra aussi de cette expérience.

Toutes les tribus sont représentées, sous-tendues par l'identification à des stars, des sportifs, un style de musique, un environnement. Rien de commun entre celle-ci, toujours habillée en survêtement, sweat à capuche, Dr. Martens aux pieds, qui écoute du rap à longueur de journée ou soutient un club de basketteurs, et cette autre, fashionista, moulée dans son jean slim et juchée sur des talons XXL ou bien à plat dans des ballerines griffées.

Peu importe la tribu, l'important est d'adopter les codes de celle que l'on s'est choisie, pour y avoir sa place et surtout ne pas en être rejetée.

Tous ces stratagèmes peuvent être efficaces. Ils aident réellement la plupart des adolescentes dans ces moments de grande mutation et les maintiennent du bon côté de la ligne.

Pour d'autres, hélas, ce ne sera pas suffisant. Leur angoisse est trop forte. Pour la faire taire, il leur faut aller plus loin. Elles vont basculer dans des comportements franchement pathologiques, pour tenter de garder le contrôle et se sentir exister.

EXISTER DANS LA RUPTURE

Les adolescentes peuvent faire face à une angoisse si forte qu'elles vont se trouver inconsciemment contraintes d'adopter des conduites qui vont les mettre en danger. Les scarifications et les troubles alimentaires, en hausse ces dernières années, arrivent en tête de ces comportements qui expriment une grande détresse.

Le psychiatre Xavier Pommereau, spécialiste de l'adolescence, a étudié avec David Le Breton, anthropologue et sociologue, ces automutilations que les adolescentes s'infligent et qui sont, on le constate dans le quotidien de nos consultations, en nette augmentation.

« Avant, les conduites de rupture se traduisaient davantage par des comportements antisociaux, des fugues, des clashs relationnels. Mais dans une société où l'apparence et la marque règnent en maîtres, les traces tangibles semblent plus pertinentes aux yeux des jeunes pour exprimer leur souffrance. »

Nous l'avons vu : certaines adolescentes suffisamment « bien dans leur peau », dans tous les sens du terme, vont parvenir à passer ce cap délicat de la métamorphose pubertaire en jouant avec les artifices dont elles disposent. Mais celles plus fragiles, pour qui ces stratégies sont insuffisantes, « s'emploient à exister dans la rupture ».

UN IDÉAL DE MINCEUR

L'idéal de minceur est indéniablement très fort dans la société contemporaine. La mode, depuis déjà longtemps, n'est pas faite pour les rondes, et les magazines mettent essentiellement en couverture des modèles dont l'extrême finesse du corps est photogénique et met en valeur les marques qui les font travailler. Il ne faut pas oublier aussi les retouches photo qui sont opérées sur toutes les pages de ces magazines.

Les filles sont élevées par des mères qui, plus ou moins bien sûr, mais la plupart du temps, ont le souci de leur tour de taille, de leur allure, de leur poids et donc de ce qu'elles mettent dans leur assiette. Ce souci-là ne cesse d'augmenter, mais il a pris une tournure plus respectable ou acceptable avec l'idée de « manger sain ». Derrière cette obsession d'une alimentation « pure et saine », à base essentiellement de légumes, de graines, de céréales, il y a chez certaines femmes une espèce de phobie du « gras » bien planquée derrière une idéologie du tout bio, tout bon ! Beaucoup de filles grandissent avec cette idée que se nourrir bien ou mal revêt une extrême importance et détermine aussi le fait « d'être bien dans sa peau ».

Et être bien dans sa peau, pour un grand nombre d'entre elles, c'est être mince. Les nombreuses séries, photos et vidéos qu'elles regardent sur leurs écrans le leur confirment tous les jours. Elles vont donc chercher à maigrir pour être plus séduisantes, pour répondre à l'idéal de minceur ambiant. Et si le « booty » – cette mode des fesses rebondies et musclées qu'affichent avec fierté des icônes comme Kim Kardashian ou Beyoncé –, s'impose ces dernières années, ne nous méprenons pas : des fesses bombées, certes, mais sur un corps mince !

LES TROUBLES DU COMPORTEMENT ALIMENTAIRE

Beaucoup vont avoir cet objectif de minceur en tête, sans en faire toutefois une obsession. Elles oscillent entre des moments où elles se privent, des moments de fringale, et des moments plus équilibrés.

Si elles ne se mettent pas toujours en danger, il suffit de peu de chose pour les faire basculer. Comme nous l'avons vu, les motifs de fragilisation ne manquent pas à cette période de la vie. Ainsi, une remarque ironique sur leur silhouette – « tu as pris du ventre », « tu as une sacrée paire de fesses » ou simplement « tu ne te serais pas un peu arrondie ? » – de la part d'un camarade ou d'un membre de la famille peut, chez une jeune fille fragile à ce moment-là, déclencher l'obsession de la minceur et l'anorexie mentale. Une anorexie mentale qui concerne entre 1,5 et 3 % des adolescents, en grande majorité des filles.

QUESTION DE PARENT

« Ma fille mange des gâteaux en cachette »

« Depuis quelques semaines, j'ai remarqué que les gâteaux disparaissaient à une allure folle du placard. Au début, j'ai pensé que c'était sûrement mon fils aîné, qui revient souvent du lycée avec des copains. Mais ce matin, en rangeant la chambre de Sonia, ma fille de 14 ans, j'ai trouvé des paquets vides sous son lit. Je m'inquiète, mais je ne sais pas quoi faire. »

Attendez un moment de calme et de vraie disponibilité pour lui en parler, sans vous énerver, sans dramatiser, mais avec sérieux. Parlez-lui aussi du grignotage qui fait perdre la sensation de satiété : comme une boussole détraquée, le corps ne sait plus s'il a faim ou pas. Or, plus on préserve cette sensation, plus on a de chances d'avoir un poids équilibré. Dites-lui enfin qu'elle n'est pas la seule à penser que manger, ou ne pas manger, aide à surmonter les problèmes, mais que, hélas, ce n'a jamais réglé les problèmes de personne. Si elle a des soucis ou des questions qui l'inquiètent, vous êtes là pour la soutenir et l'aider à trouver des solutions.

C'est ce qui s'est passé pour Esther, 16 ans, qui a perdu cinq kilos en un mois et ne s'est pas arrêtée là. Cette jeune fille, suivie depuis quelque temps à sa demande pour des « problèmes relationnels avec des amis », n'est absolument pas en surpoids. Deuxième d'une fratrie de trois, elle a un frère de 18 ans et une sœur de 13 ans. Elle décrit un milieu familial plutôt exigeant, avec des attentes de réussite scolaire fortes. Esther est une bonne élève, cela ne lui pose pas de problème. Mais comme je lui faisais remarquer un jour qu'elle avait beaucoup maigri, elle évoque son père qui n'arrête pas de lui faire des remarques sur le fait qu'à table, elle mange beaucoup. « Avec mon frère, ils rient sur mon bon coup de fourchette. » Ces remarques ont été, pour Esther, l'allumette qui a mis le feu aux poudres. S'en sont suivies des restrictions drastiques pour faire taire sa gourmandise : plus de viande, de pain, de beurre, de pâtes, de riz, de sucreries évidemment. Esther ne se trouve pas maigre et ressent une certaine euphorie devant toutes ces restrictions. Elle va, hélas, passer du simple régime pour perdre trois ou quatre kilos à une anorexie qui, heureusement dans son cas, pourra être traitée sans hospitalisation, en concertation avec plusieurs intervenants.

LE DÉNI DU CORPS

Si derrière la figure de l'anorexique se cachent des personnalités bien différentes, s'il est difficile de dresser un tableau unique de son origine, le tableau clinique de cette maladie multifactorielle est en revanche stéréotypé.

Comme chez Esther, il commence par un désir de « perdre un peu de poids ». Pour cela, l'adolescente réduit son alimentation, la contrôle. Elle trie, traque le gras, sélectionne, prépare ses repas elle-même. Les portions sont de plus en plus réduites et le poids dégringole. Chez certaines, ces périodes de jeûne alternent avec des orgies alimentaires (crises de boulimie), suivies de vomissements provoqués. Pour le Dr Xavier Pommereau, « la boulimie et l'anorexie sont souvent sœurs ». Ainsi, certaines patientes anorexiques alternent les privations avec des crises de boulimie, qui leur font avaler n'importe quoi. En proie à du dégoût et à une forte culpabilité, elles se font vomir pour évacuer ce trop-plein qui les empêche de respirer, au propre comme au figuré.

L'entourage s'inquiète, mais l'ado, elle, se voit grosse. Ou alors, comme me le disait l'une de mes patientes, devenue squelettique : « D'accord, du haut, je suis assez mince, mais des cuisses, regardez… » On ne pouvait constater que son extrême minceur, mais ce déni d'un corps sans formes fait toujours partie du tableau clinique.

Tout comme l'aménorrhée, qui survient rapidement. Les règles s'arrêtent car le système hormonal est mis en veilleuse. Le fait qu'aujourd'hui, l'anorexie concerne des filles très jeunes, âgées de 10-11 ans, qui ne sont pas encore réglées, est préoccupant car le phénomène pubertaire est bloqué et la croissance est ralentie. Les choses peuvent bien sûr reprendre un cours normal avec la reprise du poids, mais cela peut être long, laborieux et source d'angoisse.

Enfin, dans ce tableau clinique très clair, on observe aussi bien souvent une hyperactivité, une frénésie de sport par exemple, pour dépenser le peu de calories absorbées. Cette hyperactivité est surtout visible au début du processus, quand l'anorexique est dans la phase d'euphorie que lui procure l'idée de tout contrôler. Elle ne va malheureusement pas durer, car la fatigue s'installant, l'humeur va changer et devenir plutôt dysphorique. Les conflits avec la famille peuvent être forts, car l'inquiétude des parents est à juste titre importante. Pour les intervenants, la tâche n'est pas facile, et en dessous d'un certain poids, l'hospitalisation est clairement nécessaire.

MAINTENIR À DISTANCE LA SEXUALITÉ

La conséquence de cette maigreur extrême est que le corps pubère, le corps transformé et sexué, s'efface, comme si elle était là pour le nier.

Pour le psychiatre Alain Braconnier et le pédopsychiatre Daniel Marcelli, « l'adolescente utilise son corps physique, ses besoins physiologiques, en particulier alimentaires, pour maintenir à distance la sexualité et les bouleversements qu'elle induit dans le corps ».

Pour la psychiatre Marie-Rose Moro, directrice de La Maison de Solenn qui accueille des jeunes filles touchées par cette pathologie, « l'alimentation, à cet âge, a une portée symbolique évidente. Le·a jeune cherche à s'affranchir des codes de la famille, et la nourriture l'aide à participer à cette revendication d'autonomie. Mais ces troubles ont aussi à voir avec une difficile gestion du lien à l'autre et des émotions. L'adolescent éprouve une grande difficulté à exprimer ses frustrations, sa colère, son angoisse et le fait par le biais de l'assiette. »

Les adolescentes contemporaines continuent, comme leurs aînées, d'avoir un rapport ambivalent et complexe avec leur corps. Elles sont sans doute aujourd'hui plus décomplexées dans la façon de se l'approprier, car elles utilisent facilement et précocement des stratagèmes qui pouvaient paraître hors de portée aux générations précédentes. Néanmoins, malgré cette désinvolture apparente persistent une sensibilité vive au regard des autres et une angoisse, plus ou moins forte, face aux enjeux qui se profilent et à la sexualité.

LES SCARIFICATIONS POUR DIRE AUX PROCHES : « VOUS ÊTES TROP PROCHES »

Les scarifications disent leur angoisse indicible. En se tailladant les bras, les avant-bras, les poignets, les ados affichent combien elles sont mal dans leur peau. En s'agressant elles-mêmes, elles expriment l'agressivité qui les habite. Une colère contre elles-mêmes, empêtrées dans leurs contradictions, notamment dans leur grande ambivalence à l'idée de se séparer de leurs parents, même si elles crient haut et fort qu'elles n'en ont rien à faire. Une colère contre les autres aussi, quand leur environnement leur impose des situations difficiles, qui les agressent.

Inès, 15 ans, assise dans le fauteuil face à moi, tire sur les manches de son pull noir pour qu'il lui recouvre les poignets. Sa mère a découvert il y a peu de temps des traces de coupures sur son avant-bras. De fines lignes parallèles qui laissent des traces rouges assez visibles pour être remarquées. Cette adolescente, studieuse et plutôt discrète, vit en résidence alternée depuis le divorce de ses parents quand elle avait 5 ans. Elle a un frère de 13 ans et, du côté de sa mère, une petite sœur de 3 ans. Le divorce de ses parents a été très conflictuel, sa mère ne voulant pas satisfaire la demande de résidence alternée revendiquée par son père. Celui-ci ayant finalement obtenu gain de cause, les relations entre les ex-conjoints n'ont fait que se tendre et restent mauvaises, malgré les années qui passent. Les critiques ou les commentaires désagréables sur l'un et l'autre sont constants. Inès a pris l'habitude de se taire : rien de ce qui se passe chez sa mère n'est évoqué chez son père et *vice versa*. Un silence prudent, mais aussi pesant.

QUESTION DE PARENT

« Ma fille se scarifie… »

« Depuis qu'elle est entrée au lycée, Sarah n'est pas très bien. Elle se renferme sur elle-même, s'enferme dans sa chambre dès qu'elle rentre, passe son temps sur son portable. Elle ne porte plus que des vêtements noirs informes. Hier, alors qu'on était à table, j'ai remarqué des entailles sur son poignet qui ressemblaient vraiment à des scarifications, mais elle a vite remis sa manche et je n'ai rien osé dire. Comment trouver les mots pour lui en parler ? »

Ne faites pas semblant de ne pas voir. Votre fille est ambivalente, elle montre et cache à la fois. Elle a envie de vous dire quelque chose, mais ne sait pas comment l'exprimer, alors elle utilise son corps pour parler. Dites-lui que vous comprenez, en voyant ces marques, que quelque chose la tourmente.

Ou bien elle sera soulagée de parler avec vous : écoutez-la sans porter de jugement, sans trop en dire, sans banaliser à outrance des questions qui vous paraissent anodines mais qui ne le sont pas pour elle.

Ou bien elle restera très fermée au dialogue et vous devrez exiger, au nom de votre propre souci, qu'elle consulte un spécialiste.

Au fur et à mesure des séances, nous verrons ensemble que s'infliger ces blessures est pour elle une façon de crier fort et de faire entendre son ras-le-bol face à ses parents, incapables de taire leur rancœur.

Car ces entailles que se font ces adolescentes – avec un compas, une lame de rasoir, un cutter, dans le huis clos de leur chambre ou dans les toilettes du collège – sont faites pour être remarquées. Par leurs copines qui s'inquiètent, conseillent et s'en inspirent parfois malheureusement aussi. Par leurs parents qu'elles peuvent ressentir comme intrusifs ou oppressants, même si dans la réalité ils ne le sont pas.

Je rencontre Bianca, 15 ans, alors que son année de seconde est bien entamée. « Elle décroche, ça ne lui ressemble pas », disent ses parents, inquiets. Scolarisée dans le collège de son secteur, elle a intégré cette année le lycée et s'y est fait une bande de copains, ce qui est nouveau pour elle, car elle était un peu isolée au collège. Bianca ne semble pas avoir pris toute la mesure des attentes du lycée, mais ses résultats ne sont pas catastrophiques pour autant. La question scolaire semble avoir envahi de façon démesurée la scène familiale. « Ils me soûlent avec ça », me dit-elle, excédée, « ma mère ouvre la porte de ma chambre toutes les cinq minutes pour n'importe quel prétexte, juste pour voir si je travaille. Elle vérifie mes notes sans arrêt sur le logiciel du lycée, alors qu'avant, ils me laissaient tranquille… »

Ce que Bianca juge comme une omniprésence parentale arrive au moment où elle aurait besoin de moins de proximité. Mais évidemment, en inquiétant ses parents par son manque de sérieux scolaire – « ce qui ne lui ressemble pas » –, elle obtient l'inverse de ce qu'elle souhaite. Bianca, qui désire ardemment une rupture avec la Bianca du collège, enfantine et studieuse, a le sentiment d'être entravée dans son évolution. Les entailles récentes qu'elle s'est faites au poignet viennent signifier la difficulté qu'elle a à se faire comprendre. Le malentendu règne, car si elle recherche une distance affective, qui s'accorde avec son changement intérieur, elle obtient, en inquiétant ses parents, un rapprochement qui la met en échec et l'angoisse.

Xavier Pommereau confirme bien que « les scarifications sont une manière de dire aux proches : "vous êtes trop proches." » Or, de façon assez paradoxale, les parents sont aujourd'hui plus qu'autrefois dans un contrôle plus anxieux de leurs enfants. Petits, ils se réjouissent de leur débrouillardise, de leur précocité, les poussant parfois à brûler les étapes. Mais au moment de les lâcher vraiment, ils peuvent être dans un contrôle excessif qui crée les crises et les crispations.

En résumé

- Photographiées et regardées depuis le berceau par des parents qui les admirent souvent, les adolescentes d'aujourd'hui ont très tôt conscience de leur pouvoir de séduction, à travers l'image et le corps.

- La puberté va remodeler le corps et le psychisme de l'adolescente et la mettre face à des sensations nouvelles, des émotions complexes et des comportements inédits.

- Les adolescentes ont besoin d'apprivoiser ce corps nouveau par mille et un stratagèmes : le maquillage, les vêtements, la teinture de cheveux et la coiffure. Le corps, mieux qu'un long discours, dit aux autres : « Voilà qui je suis. »

- Pour certaines, l'angoisse de se séparer des parents, de devenir des femmes ou d'être rejetées par le groupe est trop forte et elles vont adopter des conduites qui les mettent en danger.

- Les scarifications et les troubles alimentaires expriment clairement une difficulté à gérer les émotions, les frustrations.

Mes conseils

✔ Chez la jeune adolescente, la sensibilité au regard des autres est extrême et la plus grande vigilance est de mise. Attention aux remarques sur le corps qui change, la coiffure ou les vêtements par lesquels elle cherche à affirmer son identité. Sous couvert d'humour, ces remarques sont souvent maladroites et ressenties comme blessantes.

✔ Si votre fille de 15 ans veut absolument se faire tatouer ou se faire un piercing, ne réagissez pas violemment. Vous risquez de la pousser encore plus à sauter le pas, puisque par cet acte, elle cherche – plus ou moins consciemment – à s'affirmer, à vous montrer que son corps lui appartient. Entrez plutôt dans le dialogue pour savoir pourquoi elle veut faire ça, ce qui lui plaît là-dedans. Si vous n'êtes pas d'accord, affirmez-le calmement : « Je suis peut-être ringarde, mais je n'aime pas ça. »

✔ Ne laissez pas votre adolescente entamer un régime toute seule. Si elle se trouve trop grosse, et que cela se justifie, emmenez-la chez un nutritionniste spécialisé qui l'aidera à élaborer des repas équilibrés. Si elle n'a pas de poids à perdre, essayez de parler avec elle. « Il y a peut-être des choses qui te contrarient, te mettent en colère ou t'inquiètent. Parfois, on se dit qu'en perdant des kilos, cela ira mieux, mais ce n'est pas le cas. »

✔ Soyez attentif aux signes qui peuvent signifier un début d'anorexie :
- Le tri dans l'assiette : elle passe de longues minutes à écarter certains aliments comme le riz, les pâtes… en privilégiant ce qui apporte le moins de calories.

- La mastication excessive : elle mastique les aliments pendant de longues minutes avant de les recracher discrètement dans son assiette.
- L'hyperactivité physique : elle va faire tout à coup du sport à outrance, marcher toute la journée dans l'appartement, parfois même sur la pointe des pieds.

✔ Tous ces signes sont à prendre au sérieux. Il ne faut pas tarder à consulter. La prise en charge de ces troubles n'est pas aisée. Elle doit être orchestrée par un pédopsychiatre, qui jugera des thérapies les plus adaptées et d'une hospitalisation dans les cas les plus sévères.

✔ Les thérapies psycho-corporelles – hypnose, sophrologie, méditation... –, très répandues ces dernières années, peuvent être efficaces pour libérer les adolescents d'un autocontrôle excessif, leur permettre d'exprimer leurs émotions, de se réconcilier avec leur corps et donc d'améliorer les troubles alimentaires.

3

Les adolescentes et leur sexualité

« Depuis plusieurs semaines, la nuit, je rêve que je suis en train de faire l'amour avec un garçon. Je n'ai que 12 ans, je n'ai jamais embrassé personne et cela m'inquiète de rêver de ça. »
Chloé, 12 ans

La sexualité est au cœur du questionnement des adolescents d'aujourd'hui. D'après un sondage réalisé par le chatbot français Jam (magazine d'actualité en ligne interactif) en 2019, 85 % des jeunes considèrent que le sexe est un sujet important, voire très important. Mais quand on dit « sexe », on parle de la sexualité au sens large, c'est-à-dire pas seulement les relations sexuelles en tant que telles, que leur corps pubère leur permet dorénavant d'avoir, mais la sexualité en tant que processus physique et psychique qui va, au bout du compte, amener les filles et les garçons à avoir des relations sexuelles dans la réalité.

LA RENCONTRE AVEC L'AUTRE

Bien sûr, les psychanalystes, à la suite de Freud, parlent déjà de « sexualité infantile », même si les interrogations sont nombreuses aujourd'hui sur sa nature. Elles sont résumées dans la jolie formule du pédopsychiatre Daniel Marcelli : « La sexualité infantile ressemble de nos jours à une caverne d'Ali Baba, où chaque adulte rêve de trouver la réponse à l'énigme de sa propre sexualité. » Mais il est certain que si l'on en retient les deux composantes essentielles – la curiosité sexuelle et le plaisir autoérotique –, elle n'impose pas à l'enfant la rencontre avec l'autre, qui, à l'adolescence, va complètement changer la donne et les rendre si complexes…

La rencontre avec l'autre, la confrontation à son désir, les limites que cela lui impose sont source de nombreuses interrogations, d'inquiétudes, voire d'angoisses. Naturellement, l'adolescente va d'abord chercher des appuis auprès de ses proches, pour se rassurer. Hélas pour elle, ses parents ne vont plus être les meilleurs interlocuteurs. Et plus elle s'en approche, plus elle s'inquiète et fait tout pour s'en éloigner : c'est cette ado, envahie par des fantasmes œdipiens devenus menaçants, qui ne peut plus supporter de partager un repas avec son père : « Il fait toujours des blagues pourries, ça m'énerve », confie Angèle, 14 ans ; ou cette autre, en rivalité avec une mère idéalisée, qui en fait tout à coup sa meilleure ennemie : « Elle veut toujours faire la jeune alors qu'elle a passé l'âge », raconte Manon, 15 ans.

L'adolescente doit donc impérativement se tourner vers un autre qu'elle ne connaît pas ou peu, et dont les désirs restent pour elle une énigme. Le cheminement est long et la satisfaction est loin d'être immédiatement au rendez-vous. Elle va devoir attendre, en usant de mille et un stratagèmes, le moment enfin possible de la rencontre.

LA MASTURBATION

Comme nous l'avons déjà évoqué, la puberté confronte l'adolescente à une excitation nouvelle qu'elle cherche à assouvir, sans souvent avoir bien conscience de ce qui lui arrive. La masturbation, que certaines ont déjà expérimentée dans l'enfance, va s'accompagner dorénavant de rêveries, de fantasmes, et la conduire à l'orgasme qui va apaiser les tensions. Elle est une pratique tout à fait naturelle et normale, qui va aussi l'aider à comprendre son corps et à apprivoiser son désir. Selon l'étude “National Survey of Sexual Health & Behaving” du *Journal of Sexual Medicine**, à 15 ans, 82,2 % des garçons se sont déjà masturbés, pour 24,9 % des filles, quand 55 % des habitué·e·s estiment le faire régulièrement.

Les parents dont les enfants, filles et garçons, se masturbent très souvent dans l'enfance et de façon ostentatoire, ont eu l'occasion de leur en parler. Mais parfois, ils s'inquiètent et consultent. C'est le moment d'expliquer devant eux, à leurs enfants, la notion de pudeur, celle d'intimité. « Tu as tout à fait le droit de te masturber, mais c'est quelque chose qui ne regarde que toi, qui est très intime et que tu ne fais pas devant

* http://www.jsm.jsexmed.org

nous. » Généralement, cela suffit à ce que les choses rentrent dans l'ordre, et à l'adolescence, ils préfèrent nettement faire ça discrètement !

QUESTION DE PARENT

« Ma fille est accro à la masturbation. »

« Depuis plusieurs semaines, ma fille Sasha, 13 ans, s'enferme pendant des heures dans la salle de bains pour prendre des douches plusieurs fois par jour ; et quand je frappe, j'ai l'impression de la déranger. Quand elle était petite, elle se masturbait en public, puis cela est passé. J'ai peur qu'elle ne soit addict à la masturbation. Faut-il que j'en parle avec elle ? Et si oui, comment ? »

S'enfermer dans la salle de bains et ne pas vouloir être dérangée est surtout le signe qu'elle est entrée dans l'adolescence et qu'elle protège son intimité. Le signe qu'elle se masturbe ? Peut-être, mais peut-être pas. Cela peut aussi être un signe d'anxiété, un TOC, qui mériterait que vous vous posiez la question de ce qui peut l'inquiéter. Demandez-lui plutôt si elle se sent dans l'obligation de se laver aussi souvent ; dans l'affirmative, il s'agirait d'un trouble anxieux et ce serait bien qu'elle consulte.

LE TEMPS DES GRANDES DÉMONSTRATIONS D'AFFECTION

Les plus jeunes d'entre elles – vers 11, 12 ou 13 ans –, pour une grande majorité, n'envisagent pas encore d'avoir des rapports sexuels. Elles apprivoisent cependant la rencontre des corps par des démonstrations d'affection tactiles : grandes embrassades et force câlins. Elles sont sûrement plus décomplexées que leurs aînées et n'hésitent pas à se prendre dans les bras et à s'enlacer, filles ou garçons, peu importe, et à se dire « Je t'aime », « T'es trop belle ! », « Mon bébé », notamment sur les réseaux sociaux. Celles qui n'ont pas connu, dès la fin de l'école primaire, l'expérience du baiser « sur la bouche avec la langue » ne vont pas tarder à la connaître. Aujourd'hui, beaucoup de jeunes adolescentes « sortent avec des garçons », sont « en couple », se quittent, se retrouvent. Cette obsession d'être « en couple » – couple classique, hétérosexuel – est assez frappante dans une société où un couple sur 2 divorce. Et détonne avec les discours actuels sur la bisexualité. Elle exprime, chez les filles, le besoin d'être considéré comme des filles « respectables » et non des filles faciles qui papillonneraient de droite à gauche. Certaines sont plus que d'autres accaparées par ces prémices de relations amoureuses, qui les engagent, mais pas tout à fait quand même. Elles en parlent beaucoup, énormément entre elles, et parfois même avec leurs parents.

Face à cela, les réactions des parents divergent. Certains vont se réjouir de la précocité de leur progéniture, de leur capacité de séduction et accorder beaucoup – souvent trop – d'importance à ces comportements. Ils peuvent se sentir « flattés » d'être ainsi mis dans la confidence. D'autres considéreront que cela disperse et agite leur enfant ; ils s'inquiètent et dès lors, renforcent le contrôle.

Face à cela, je crois qu'il est prudent de ne pas porter de jugements lapidaires qui pourraient laisser penser à leur fille qu'ils ne la voient pas grandir. *A contrario*, la fascination de certains parents qui semblent faire revivre, par enfant interposé, l'adolescent qu'ils ont du mal à ne plus être, ou qui fantasment d'être, eux aussi, le·a « meilleure ami·e » de leur adolescente, ne l'aident pas non plus.

C'est ce que raconte Clara, 13 ans. « L'été dernier, je suis partie en colo et je suis sortie avec un garçon. C'était la première fois, j'étais à fond. Et quand mon père (ma mère est décédée il y a cinq ans) est venu me chercher, j'étais très émue et j'ai pleuré en quittant Lucas, qui habite à plusieurs centaines de kilomètres de chez moi. Pendant trois jours, je suis restée enfermée dans ma chambre ; on s'envoyait des messages tout le temps, on ne pensait qu'à se revoir. Mon père avait l'air embêté de me voir si triste. Moi, je n'avais pas trop envie d'en parler avec lui : quand il me posait des questions, il était mal à l'aise et j'essayais de changer de sujet. Mais quand je lui ai dit que j'allais le revoir et qu'il a commencé à me parler de préservatifs, cela m'a mise très mal à l'aise. Il n'était pas question de coucher ensemble, on est beaucoup trop jeunes ! Du coup, je ne veux plus lui parler de rien. »

Si le père de Clara a certainement cru bien faire – d'autant plus qu'être père d'une adolescente quand on est veuf n'est pas chose facile –, on peut comprendre qu'elle se soit sentie gênée. Souvent, les parents – certainement par crainte des maladies sexuellement transmissibles, VIH en tête, d'une grossesse potentielle, mais aussi soucieux de jouer leur rôle d'éducateur ouvert et à l'écoute – ce dont ils n'ont pas forcément bénéficié de la part de leurs propres parents –, ont tendance à griller les étapes.

Parents, n'ayez pas peur, faites confiance à vos enfants et essayez de leur faire comprendre que s'ils ont besoin de se confier, de recevoir des conseils, du soutien, ils sont là, mais faites-le sans vous imposer. Une écoute bienveillante, une présence chaleureuse, adulte et non intrusive favorisent l'échange et la réflexion, et apaisent utilement le bouillonnement d'émotions.

TOUT, TOUT DE SUITE ?

Plus le temps passe, plus la question de « le faire ou pas » devient sensible et la rencontre avec l'autre aussi attendue que redoutée. Vers 14-15 ans, certaines, plus solidement structurées ou naturellement résignées vont, « en attendant », recourir à des processus de sublimation : investissement dans la scolarité, dans une activité sportive ou artistique. Elles vont servir une cause – nous en reparlerons dans un prochain chapitre –, la protection de la nature par exemple, ou trouver un sens à cette étape de leur vie dans un mouvement associatif qui les tourne vers un idéal – le scoutisme par exemple. Elles vont trouver dans ce type d'engagement des satisfactions gratifiantes qui vont tenir à distance leurs pulsions. Cela n'empêche ni la rêverie ni l'imaginaire qui, bien au contraire, restent pour elles des recours efficaces, utiles et structurants.

Pour d'autres, plus fragiles, ce détour ne sera pas possible. Leur histoire familiale – parents absents, indisponibles, dépressifs, inconséquents – n'a pas permis la mise en place d'instances surmoïques solides, c'est-à-dire qu'elles n'ont pas pu intérioriser un certain nombre de règles, d'interdits qui les détournent de la pulsion, et leur permettent de supporter une dose de frustration.

Elles sont dans l'urgence, veulent aller vite, droit au but ! Or reconnaissons-le : l'attente, la patience ne sont pas des vertus en vogue aujourd'hui. Elles s'accordent mal avec la logique du « tout, tout de suite » dans laquelle une majorité de ces jeunes filles a grandi, dans une société radicalement différente de celle de leurs aînées, où la frustration s'accorde mal avec le mythe de l'épanouissement personnel qui fait loi. Les images qui envahissent leur vie quotidienne, celles des réseaux sociaux, des publicités, des séries auxquelles elles sont parfois « accros » renforcent le discours ambiant et laissent alors penser à certaines qu'il n'y a pas une minute à perdre. Ces images, ces séries leur renvoient, hélas, une image de la sexualité caricaturale. Plus elles y ont accès tôt, plus malheureusement elles vont les regarder avec frénésie, sans recul et sans aucun esprit critique. Elles deviennent alors extrêmement vulnérables.

Parents, n'hésitez pas à donner votre point de vue ! Dites-lui que rien ne presse, qu'à faire les choses trop tôt, on peut être déçu. Qu'il faut savoir attendre, prendre son temps pour n'avoir ni remords ni regrets. Vous pouvez insister sur le fait que l'on ne fait pas l'amour parce que l'autre le demande, ni parce que sa meilleure amie dit l'avoir fait, mais bien parce qu'on en a envie avec cet amoureux-là, et qu'on se sent prête !

LA BANALISATION DE LA SEXUALITÉ PAR LES SÉRIES

L'influence des séries dans leur approche de la sexualité est forte. Les adolescentes les dévorent parfois de jour comme de nuit. Dans ces séries, en effet, le sexe est très présent dans les dialogues et souvent banalisé par des héros plus âgés qu'elles, qui en parlent beaucoup, de façon totalement décomplexée. Ils leur donnent une vision du plaisir et de la relation amoureuse souvent simpliste. Une situation amplifiée par le fait que, avec les « saisons » qui se multiplient, elles suivent ces séries pendant plusieurs semaines, voire plusieurs mois ou plusieurs années, s'identifiant aux héros qu'elles considèrent facilement comme « des grands frères et des grandes sœurs », des « initiateurs », des « modèles à suivre » auxquels elles accordent leur confiance les yeux fermés, avec cette excitation d'être enfin « comme les grands ». Ce qui n'est pas sans conséquences…

QUESTION DE PARENT

« Ma fille a un petit copain ! »

« Ma fille de 15 ans a un petit copain depuis bientôt un an. Je sais qu'il faut que j'aborde avec elle la question de la sexualité, voire de la contraception – je ne sais même pas s'ils ont des relations sexuelles –, mais je n'ose pas, cela me gêne. Comment faire ? »

Il faut savoir être léger et ne pas se projeter. Parfois, les parents imaginent des choses et s'inquiètent alors que leur adolescent n'en est pas encore au stade qu'ils imaginent. De toute façon, il vaut mieux aborder la question de manière assez générale, par exemple : « Tu es à l'âge où tu pourrais avoir envie de voir une gynécologue (sans forcément parler de contraception ou de pilule). Si tu veux un nom, ou que je te prenne un rendez-vous un jour, n'hésite pas à me le dire. »

« Ma fille de 13 ans est rentrée de l'anniversaire d'une amie qui avait lieu au parc d'à côté assez troublée, raconte Lucie. Quand je lui ai demandé pourquoi, elle m'a répondu : “Pour souhaiter son anniversaire à Jules, sa copine Sarah lui a proposé de ‘le faire’, alors ils sont allés un peu plus loin derrière les buissons et ils l'ont fait.” Quand je lui ai demandé, interloquée, ce que signifiait “le faire”, elle m'a répondu, comme une évidence : “Ben, tu sais, comme une sucette, quoi.” J'ai compris qu'elle parlait de fellation. Je n'ai su que répondre. »

On peut comprendre le trouble de Lucie devant la banalisation de la fellation, qui semble aussi ordinaire aux yeux de ces adolescentes que le baiser furtif qu'elle et les filles de sa génération échangeaient avec leurs petits copains du moment. Lucie ne devrait pas manquer l'occasion de parler avec sa fille. Lui demander d'abord ce qu'elle pense du comportement de Sarah, pour voir ce que cela suscite réellement chez elle comme émotions. Le « Qu'est-ce que tu en penses toi ? » permet de mieux situer où elle en est vraiment. Mais elle doit aussi saisir cette occasion pour évoquer avec elle l'influence de la pornographie, qui n'éduque en rien les adolescents, mais leur fait perdre leurs repères et leur donne une vision de la sexualité crue et sans tabou aucun, bien éloignée de ce que l'on vit dans la réalité.

Car la pornographie, soyons claires, ne leur fait pas du bien. Or, ces dernières années, elle s'immisce dans leur vie comme un poison.

LA PORNOGRAPHIE ACCESSIBLE À TOUS

YouPorn, PornHub, Chaturbate, Redtube… Tous ces sites pornographiques sont désormais accessibles directement sur smartphone et visionnés par un public de plus en plus jeune. Malgré la loi, il suffit d'un clic pour certifier être majeur. Il est loin le temps où les adolescents – en majorité des garçons, mais aussi des filles – cachaient des magazines porno sous leur matelas ou s'échangeaient en cachette des cassettes vidéo ou des disquettes sur lesquelles étaient enregistrées des séquences de films érotiques ou pornographiques. Aujourd'hui, ils n'ont qu'à sortir leur smartphone pour visionner, seuls ou à plusieurs, ces films aux images crues, où la sexualité est de l'ordre de la performance, où la vision de la femme est souvent dégradante, et où les rapports de domination sont récurrents…

QUESTION DE PARENT

« Ma fille regarde un film porno »

« L'autre jour, je suis entrée dans la chambre de ma fille Inès, 14 ans, sans frapper, et j'ai vu qu'elle regardait un film porno. Cela m'a tellement choquée que j'ai fait demi-tour sans qu'elle me voie. Je n'arrête pas d'y penser. J'ai peur que mon bébé tourne mal, qu'elle pense qu'elle doit faire ça avec les garçons. Je ne sais pas comment aborder la question avec elle, lui dire que la vie sexuelle, ce n'est pas ça... »

C'est dommage de faire semblant de ne pas voir. C'est au contraire une belle occasion à saisir, car si votre fille regarde des vidéos pornographiques c'est, non pas « qu'elle tourne mal », mais plutôt parce qu'elle cherche sans doute à s'informer. Dites-lui qu'il y a d'autres façons d'avoir des réponses à des questions bien naturelles. Que vous êtes disponible si elle le souhaite.

On imagine aisément combien cette norme imposée par le courant principal du porno peut avoir de conséquences dramatiques sur la sexualité des garçons comme des filles. De nombreux sexologues et gynécologues témoignent de la détresse de certain·e·s jeunes patient·e·s qui, trop habitué·e·s à des images et à des pratiques extrêmes, craignent de ne pas être à la hauteur ou ont du mal à prendre du plaisir quand ils sont confronté·e·s à la réalité.

Si, nous le verrons, une trop forte consommation de la pornographie risque de compliquer la sexualité des plus âgés, elle choque les plus jeunes et peut les perturber durablement. C'est ce qui est arrivé à Juliette, quand elle avait 10 ans. Sa mère m'a expliqué ce qui s'était passé.

« Depuis quelques semaines, quand j'allais embrasser Juliette dans son lit le soir, elle avait du mal à me quitter, me disait : "Maman, pense à moi, j'ai des mauvaises pensées." J'avais aussi remarqué qu'elle était devenue mal à l'aise avec la nudité : elle se cachait les yeux quand elle voyait une publicité pour de la lingerie, me remontait mon tee-shirt quand elle le jugeait trop décolleté… Je me suis dit qu'elle grandissait, que les petites angoisses commençaient, que ça passerait. Jusqu'au jour où Juliette, poussée par sa grande sœur de 15 ans à qui elle avait tout raconté, a voulu me parler. Elle m'a raconté que quelques semaines auparavant, en cherchant un film avec une amie sur la tablette familiale, elle était tombée sur un film avec "une dame toute nue, les jambes écartées et des seins très gros", que cela l'avait "choquée" et que, depuis, cette vision lui revenait sans cesse à l'esprit le soir et l'angoissait terriblement. J'ai beaucoup culpabilisé. Nous sommes des parents ouverts, attentifs, avons installé le contrôle parental sur les écrans, nous essayons d'être dans le dialogue. Malgré tout ça, je n'avais rien pu faire. Comme je me sentais dépourvue, j'ai envoyé Juliette chez une psy et cela lui a fait beaucoup de bien. »

UN TIERS DES JEUNES ONT DÉJÀ VU DU PORNO AVANT 12 ANS

Les images que les plus jeunes regardent souvent de façon fortuite, en faisant une recherche sur Internet, ou en tombant sur l'ordinateur d'un frère ou d'une sœur plus âgé·e·s, sont extrêmement choquantes pour eux. C'est une effraction psychique qui les sidère, leur fait peur, parfois les fascine. Cela peut provoquer un syndrome de stress post-traumatique, avec les symptômes qui vont avec (anxiété, troubles du sommeil, cauchemars, réminiscence sous forme de flashs traumatisants). En effet, eux qui n'ont aucune représentation psychique de la sexualité génitale des adultes sont violemment agressés par ce qu'ils ont tout à coup sous les yeux. Certains, comme Juliette, arrivent à le dire, mais d'autres n'osent pas en parler à leurs parents, car ils se sentent en faute et ont très peur d'être grondés.

Parents, si votre enfant utilise seul une tablette ou un smartphone, soyez vigilants. Et si vous le voyez triste ou agité, s'il ne veut plus se coucher le soir parce qu'il a peur de faire des cauchemars, alors que ce n'est pas son habitude, si son comportement vous paraît instable ou inhabituel, posez-vous la question. On peut lui dire, par exemple : « Quelqu'un m'a parlé d'un enfant qui avait vu des images choquantes sur Internet. Si cela t'arrivait, tu pourrais me le dire ; je ne te gronderais pas, car ce n'est pas de ta faute. Tu sais, pour tous les enfants, ces images sont choquantes. Elles les dégoûtent et les inquiètent. »

Les adolescents, eux, ont rarement accès à la pornographie fortuitement, mais par curiosité, par transgression et parce qu'ils pensent qu'ils vont en tirer « un apprentissage » utile, ce qui n'est pas le cas !

Selon un sondage de 2018, près d'un tiers des jeunes a déjà vu du porno avant 12 ans, plus de 60 % avant 15 ans et 82 % avant 18 ans. Une telle exposition précoce et excessive a des conséquences : plus de la moitié des mineurs avouent avoir été « choqués » la première fois qu'ils ont été confrontés à des contenus pornographiques. On n'est guère étonné : la pornographie leur renvoie une image des relations sexuelles basée sur la performance, ce qui est angoissant et inhibant. La taille du sexe, par exemple, peut terriblement inquiéter les garçons qui se sentent bien « petits », et risque de réactiver une angoisse de castration et un manque de confiance en eux. Un sondage IFOP/Charles.co de 2019 révèle que, chez les garçons, les troubles érectiles sont en augmentation et seraient aujourd'hui aussi fréquents chez les plus de 50 ans que chez les moins de 30 ans.

UNE IMAGE VIOLENTE DE FEMMES DOMINÉES

Les filles ne sont pas en reste, elles regardent parfois ces vidéos pour ne pas passer pour des imbéciles. Certaines essaient de coller aux codes : épilation totale et pratiques en tous genres, fellation en tête.

Bien loin d'un échange égalitaire et tendre, d'une découverte partagée et respectueuse, d'une intimité complice, la pornographie renvoie une image violente de femmes dominées. Ne craignant pas les paradoxes, celles qui dénoncent ces pratiques, qui souvent s'indignent à la suite des nombreux hashtags qui fleurissent sur Twitter ou d'autres réseaux, se croient pourtant obligées d'en adopter certains codes pour être des partenaires averties et acceptables.

Quant à leurs jeunes partenaires, s'ils ont été eux-mêmes des consommateurs précoces de films pornographiques, ils risquent, comme le déplore Thomas Rohmer, président de l'association OPEN (Observatoire de la parentalité et de l'éducation numérique) de penser que pour donner du plaisir à leur petite copine, « il faut lui taper sur les fesses et la prendre par les cheveux ».

Face à cela, les parents sont démunis. Mais il est pourtant vraiment nécessaire qu'ils ne se voilent pas la face et osent dire à leurs enfants que la sexualité peut se découvrir, « doit » se découvrir autrement, et ne se vit pas sans désir ni consentement. Il est urgent et indispensable qu'ils fassent contrepoids et n'aient pas peur d'afficher leurs convictions. Mais ils doivent leur en parler suffisamment tôt, car plus l'adolescence est là, plus le dialogue sera difficile. Nous l'avons déjà dit : vers 9-10 ans, les parents ont l'écoute et la confiance de leurs enfants, qui ne sont pas encore dans la défiance des plus âgés.

Une campagne du CSA* (Conseil supérieur de l'audiovisuel), conscient de l'ampleur du phénomène, est justement faite pour inciter les parents à parler à leurs jeunes enfants : on y voit une petite fille qui demande à ses parents « comment on fait les bébés » et son grand frère, âgé de 10 ou 11 ans, qui lui répond : « Bah c'est simple ! La femme, elle est à quatre pattes, l'homme lui tire les cheveux. Et elle crie très fort. » Leurs parents se regardent, consternés. Il y a de quoi !

LA PORNOGRAPHIE, SOURCE D'ÉDUCATION SEXUELLE ?

Ce spot est là pour confirmer l'absolue nécessité d'une éducation précoce à la sexualité. Procréation, contraception, maladies sexuellement transmissibles, mais aussi respect de l'autre, de ses envies, de son désir, respect de soi-même, intimité du corps, consentement… Pas tout à la fois, bien sûr, mais il y a plein d'occasions d'aborder ces questions : une future naissance dans la famille ou chez des amis proches, une anecdote rapportée de l'école sur leurs amours enfantines ou un comportement qui les a marqués, comme Clarisse, 12 ans, qui raconte à ses parents : « Thomas ne veut pas que je l'embrasse. » Il faut savoir rebondir, saisir les perches : « Que veux-tu dire par embrasser ? Tu en as

---

* Campagne diffusée en février 2021.

envie, toi ? » Parfois, ces anecdotes tombent mal, à un moment où l'on n'est pas disponible. Plutôt que de ne pas réagir, on peut leur dire : « C'est important ce que tu me dis là, nous en reparlerons tranquillement. »

Or les parents sont souvent peu à l'aise pour en parler à leurs enfants. Résultat : la pornographie est devenue, depuis quelques années, la principale source d'éducation sexuelle. C'est franchement regrettable. Si l'on est démuni et que l'on ne sait pas trop comment aborder les questions, on peut choisir un livre parmi les nombreuses publications. Certains sont très bien faits et seront de bons recours.

Conscients des dangers que cela représente pour les jeunes, des sites d'information à la sexualité comme SexoTuto, conçus pour être attractifs et regardés par un public à partir de 12 ans, vont être diffusés sur la chaîne publique Lumni et sur d'autres plateformes. Une initiative heureuse qui permettra d'informer clairement et de répondre aux questions que les jeunes se posent, avec toujours comme valeurs cardinales le respect de l'autre et, bien évidemment, son consentement, comme nous le verrons plus tard.

DES RELATIONS SEXUELLES TROP PRÉCOCES ?

Souvent dominées par la peur de ne pas plaire, de ne pas être aimées, certaines très jeunes filles pressées vont, sans réfléchir, passer le pas et coucher avec le premier qui le leur demande ou qui tente sa chance.

C'est ce qu'il ressort des entretiens que j'ai avec Zoé, pas encore 14 ans, que sa mère a surprise au lit avec un garçon. Un garçon de 16 ans qu'elle connaissait peu, rencontré sur la plage, et qu'elle n'a pas revu par la suite. Quand elle m'en parle, Zoé est embarrassée. Mais surtout par le fait d'avoir été surprise par sa mère, car, dit-elle, « elle ne me fait plus confiance ». En revanche, Zoé a elle-même du mal à comprendre ce qui l'a poussée à dire oui à ce garçon pas très intime. « Il était gentil, dit-elle, il en avait envie, alors moi ça m'était égal. »

On est surpris par une certaine indifférence. On observe que Zoé est loin de son envie, de son désir. Elle agit surtout par souci de plaire, elle répond d'abord au besoin de l'autre, à son envie, avec en tête que tout cela n'a pas beaucoup d'importance, banalisant à outrance la situation. Bien sûr, son histoire familiale explique en partie son comportement. Petite sœur d'un frère lourdement handicapé, Zoé a pris l'habitude, depuis l'enfance, de ne pas s'opposer, de s'adapter pour soulager ses parents, ne pas en rajouter. C'est sans doute cette hyper-adaptation au désir de l'autre qui a joué dans cette rencontre sexuelle pas « forcée » mais pas vraiment consentie.

QUESTION DE PARENT

« Ma fille veut inviter son petit copain à dormir à la maison »

« Ma fille Ella, 16 ans, a un petit copain depuis trois mois. Il vient souvent à la maison, l'après-midi après les cours, quand son père et moi ne sommes pas là. C'est le premier que je rencontre. Je l'ai croisé deux ou trois fois : il est gentil et ils

ont l'air très amoureux. Mais elle m'a demandé si, samedi soir, il pouvait rester dormir. Je ne suis pas très à l'aise avec ça. J'ai du mal à les imaginer dormir dans la chambre d'à côté... Je ne sais pas ce que va penser son petit frère de 10 ans, ça me semble un peu tôt... »

Il n'y a aucune obligation d'accueillir à dormir un week-end sa fille de 16 ans et son petit ami. Ils disposent, et c'est très bien, de la maison des parents quand ils ne sont pas là. Mais pour autant, avez-vous envie de les retrouver enlacés au petit déjeuner ?

Il est bon pour les adolescents qu'ils vivent leur sexualité hors du regard des parents, loin du nid ! C'est cela, grandir vraiment. C'est ce qui leur donne envie de s'émanciper pour de bon. Les parents ont le droit de garder une distance avec ces histoires d'amour adolescentes, qui certes sont belles, mais sont rarement stables. Quant aux petits frères et aux petites sœurs, ils n'ont pas non plus à être associé·e·s à la vie sexuelle de leurs aîné·e·s.

Vous pouvez expliquer tout cela à votre fille, elle peut parfaitement le comprendre. Et rassurez-vous, les interdits parentaux établis non pas de façon rigide et autoritaire, mais dans la souplesse d'une discussion, les aident à élaborer psychiquement ces premières expériences.

LE CONSENTEMENT

La question du consentement pour ces jeunes filles est essentielle. Elle a été au cœur des débats, ces dernières années, grâce à l'actualité littéraire. *Le Consentement* de Vanessa Springora,

Zone grise de Loulou Robert – qui affiche, sur le bandeau de couverture « Je n'ai pas dit non, je n'ai pas dit oui » – et à leur suite, *La familia grande*, de Camille Kouchner, sur l'inceste subi par son frère jumeau... Tous ces ouvrages ont libéré la parole des victimes et interrogé la société sur les limites d'âge en dessous duquel il n'y aurait pas de consentement. C'est l'âge de 15 ans qui a été retenu. Cela va dans le sens des demandes des différentes associations de protection de l'enfance et cela paraît raisonnable. Car comment consentir sans savoir ce qui vous attend vraiment, sous l'emprise d'un plus âgé dont la demande vous flatte ou vous impressionne ?

Là encore, les débats qui ont eu lieu devraient avoir été ou pourraient être des occasions pour les adultes, les parents et les enseignants de discuter avec les adolescentes pour qu'elles se posent les bonnes questions. On peut leur proposer de lire ces livres pour ouvrir des discussions. Ou de regarder un débat à la télévision, ceux qui suivent parfois un documentaire. Ce sont des supports intéressants qui permettent d'échanger avec elles et de pousser parfois un peu plus loin leur réflexion. « Trouves-tu que 15 ans, c'est un bon âge pour considérer qu'on est assez mature pour avoir des relations sexuelles ? » Ou : « Penses-tu que quelqu'un de beaucoup plus âgé peut avoir de l'emprise sur une très jeune fille ? » Ou : « Ça veut dire quoi "consentir à avoir des relations sexuelles" ? » Ou : « Que faire/que dire si un garçon que tu aimes bien te propose de venir chez lui et insiste un peu trop à ton goût pour aller plus loin ? »

C'est intéressant, à l'occasion de ces débats, de les pousser un peu dans leurs retranchements, car cela les force à mettre de l'ordre dans leurs idées, cela les fait réfléchir.

Évidemment, ces discussions sont indispensables à avoir aussi avec les garçons qui doivent comprendre qu'ils ne sont pas tout puissants et que le consentement de leur partenaire doit être clairement entendu, et respecté. Comme dit la chanteuse Angèle dans « Balance ton quoi » : « Quand une fille dit non, ça signifie que c'est… non. Et si elle dort, tu la laisses dormir ».

L'ATTIRANCE POUR LE MÊME SEXE OU LA BISEXUALITÉ

En consultation, je suis frappée par le nombre croissant de jeunes filles de 13 ou 14 ans qui me disent qu'elles sont homosexuelles. Quand je creuse un peu avec elles, en leur demandant ce que cela signifie pour elles, quelles expériences elles ont eues, elles me répondent pour la plupart qu'elles n'ont jamais eu d'expériences sexuelles, mais qu'elles se sentent mieux et plus attirées par les filles avec lesquelles elles passent la majorité de leur temps, sans fréquenter beaucoup de garçons. J'ai l'impression que, chez beaucoup d'entre elles, il y a un effet de mode, c'est « tendance » : l'homosexualité est très présente dans les films, beaucoup de chanteurs·ses en vogue en sont des porte-drapeaux, elle est assimilée à la liberté de penser et d'être soi. « Vous connaissez la dernière au lycée ? Ils sont tous bi et ils vont tous à la Gay Pride », me dit ainsi une ado très excitée !

On peut se demander si ces comportements ne sont pas pour certaines davantage de l'ordre du jeu que d'une réelle indétermination sexuelle, et si les passages à l'acte qui semblent se faire nettement plus facilement aujourd'hui n'ont pas d'abord un caractère transgressif, à une époque où il n'y a plus grand-chose à transgresser !

Le désir des adolescentes est hésitant. Certaines d'entre elles sont, nous l'avons vu, dans un activisme sexuel débridé, censé lutter contre la peur de la rencontre, de la confrontation avec l'autre, et faire tomber tous leurs doutes et leurs inhibitions. D'autres, au contraire, choisiront d'éviter l'autre dans sa différence et privilégieront les rapports tendres avec leurs semblables.

On peut aussi se demander en effet si cette identité sexuelle ne cache pas une angoisse du corps des garçons, de sa différence, de son altérité. Daniel Marcelli et Alain Braconnier confirment que « lorsqu'ils se pratiquent entre adolescents du même âge, les attouchements ont plus souvent comme rôle de rassurer le narcissisme de l'adolescent et de susciter un certain éveil à la sensualité, que celui de confirmer ou de provoquer le destin homosexuel de l'individu ».

Les grandes amitiés féminines à l'adolescence ont toujours existé, avec une certaine excitation, un emballement, l'impression d'avoir trouvé « son double ». Cela passe par des conversations très intimes, parfois des baisers ou des caresses pour « essayer », « tester » son excitation, son désir et son plaisir. Cela indique à coup sûr que l'homosexualité, en tant que pensée et fantasme, fait partie intégrante de l'adolescence, mais que l'évolution de la société en permet aujourd'hui une expression plus libre.

En tant qu'adulte, il est important d'entendre cela avec du recul, de ne pas plonger dans leur discours ni de s'indigner, et d'éviter à tout prix de leur laisser se mettre une étiquette. Les interprétations abruptes et les étiquetages trop rapides pèsent lourd. Si leurs filles leur en parlent – ce qui ne me semble pas si fréquent –, leurs parents peuvent leur demander ce qu'elles ressentent, ce que ça leur fait. Ils peuvent accueillir sobrement cette intimité, sans la juger, et rappeler que bien sûr, tout est possible, mais que la sexualité se construit peu à peu, avec le temps, les rencontres et l'expérience.

LA TRANSIDENTITÉ : UNE ÉVOLUTION OU UNE MODE ?

Ces derniers temps, on parle beaucoup de transgenre ou de transidentité, pour évoquer les personnes – hommes ou femmes, filles ou garçons – qui ont la conviction d'être nées dans un « mauvais corps », avec une identité de genre ne correspondant pas à leur sexe biologique et qui, au terme de nombreuses démarches (suivi psychologique, hormonothérapie, chirurgie, etc.), peuvent choisir de changer de sexe, sur un plan administratif et médical. Si cette problématique et ces démarches sont souvent compliquées à vivre pour la personne, comme pour son entourage, il est essentiel de rester vigilant s'il s'agit d'un enfant ou d'un adolescent.

À l'adolescence, nous l'avons vu, se construire une identité nouvelle, loin des références à l'enfance, est l'une des questions clés. Interroger son identité sexuelle peut être le signe de cette quête. Il est clair que ces questionnements demandent d'être accompagnés par des professionnels compétents. Plusieurs services de pédopsychiatrie ont ouvert des consultations qui permettent d'entendre ces jeunes filles, ces jeunes garçons, de mieux comprendre ce qui les interroge, et de les accompagner dans leur cheminement*.

* Des consultations pour dysphorie de genre sont proposées dans différents hôpitaux. À Paris : La Pitié-Salpêtrière, Robert Debré et GHU Paris Psychiatrie et neurosciences (Hôpital Sainte-Anne), ainsi que dans plusieurs CHU de province.

En résumé

- Il est normal qu'à l'adolescence, les jeunes filles se détournent de leurs parents et n'aient pas envie de leur raconter leurs histoires de petits copains : elles ont besoin d'avoir leur propre univers et de se tourner vers d'autres qu'elles ne connaissent pas et dont les désirs restent pour elles une énigme.

- Entre 11 et 13 ans, une majorité de filles n'envisagent pas d'avoir de relations sexuelles, mais il est fréquent qu'elles apprivoisent la rencontre des corps par des démonstrations d'affection tactiles entre elles : grandes embrassades, câlins, déclarations d'amitié…

- Dans notre société, la frustration s'accorde mal avec le mythe de l'épanouissement personnel qui fait loi. Les réseaux sociaux et les publicités laissent à penser qu'il n'y a « pas une minute à perdre ». Résultat : certaines adolescentes, les plus vulnérables, vont se sentir dans l'obligation d'avoir des relations sexuelles précoces, alors qu'elles n'en ont pas la maturité ni même parfois l'envie.

- Avec le développement d'Internet, des applications et des réseaux sociaux, la pornographie est accessible à tous. D'après un sondage, un tiers des jeunes ont vu de la pornographie avant l'âge de 12 ans. Or l'exposition à ces images choquantes peut être traumatisante pour les jeunes adolescentes.

Mes conseils

✔ Ne vous sentez pas obligés d'aborder le sujet de la sexualité directement avec votre fille : cela peut la mettre mal à l'aise, voire la choquer, si elle n'y est pas préparée ou ne le désire pas. L'essentiel est qu'elle comprenne que vous êtes là, vous l'adulte bienveillant, à côté d'elle, pour en parler si elle le souhaite.

✔ N'attendez pas l'adolescence pour leur parler de sexualité : les enfants sont des oreilles curieuses et attentives. Pendant l'enfance et surtout la grande enfance, entre 7 et 10 ans, ils vous écouteront sans gêne. Profitez d'une grossesse dans la famille, par exemple, pour expliquer aux plus petits « comment on fait les bébés », de manière simple et naturelle. Parlez aux plus grands de notions comme la pudeur, l'intimité, et répondez simplement à leurs questions quand elles viennent.

✔ Pour parler de sexualité avec les ados, saisissez l'actualité : faits divers, publication d'un livre, sortie d'un film, d'une série sont l'occasion d'un dialogue et d'une réflexion.

✔ N'ayez pas peur d'être « ringard » et de parler de vos valeurs : le respect, le consentement, la patience, la liberté de dire non, la pensée. Ils ne seront peut-être pas d'accord, mais ils vous seront reconnaissants d'avoir des convictions. Et votre discours peut faire contrepoids au discours « jeune », très influencé par la pornographie.

④

Les adolescentes et les autres

« Quand j'étais petite, ma famille, c'était toute ma vie. Je voulais tout le temps être avec mes parents, faire des choses avec eux. Mais depuis la troisième, mes amis sont beaucoup plus importants. »
Célestine, 15 ans

Les adolescentes éprouvent un besoin impérieux de tenir leurs parents à distance pour se construire une nouvelle identité et s'engager dans des liens affectifs forts, à l'extérieur du cercle familial. Mais attention, même si ces démonstrations d'indépendance sont parfois violentes et difficiles à vivre pour les parents, leurs filles ne désirent pas pour autant perdre leur amour. Ce paradoxe est parfois négocié aisément, mais il arrive que l'angoisse de séparation provoquée pendant l'enfance par des situations de rupture, des imprévus répétés, des incertitudes inquiétantes, se réactive avec virulence.

Les adolescentes d'aujourd'hui ont souvent eu des parents qui, malgré des situations de divorce et des vies chargées et compliquées, les ont beaucoup investies, regardées, choyées, parfois adulées. Ces mêmes parents les ont plus contrôlées aussi, le téléphone portable faisant parfois office de cordon ombilical entre parents et enfants !

LES SÉPARATIONS DES PARENTS ET LEURS RÉPERCUSSIONS

L'ambivalence est forte entre le besoin qu'ont les adolescentes de s'éloigner et la peur d'être laissées pour compte.

Force est de constater que les pathologies de la séparation sont aujourd'hui en très nette augmentation : attaque de panique, crise d'angoisse, refus scolaire, plaintes somatiques, troubles du sommeil sont l'objet d'un très grand nombre de demandes de consultation. Ces dernières concernent plus les filles que les garçons. Il semble y avoir sur elles un surinvestissement des liens familiaux fusionnels, pas toujours conscients peu s'en faut, mais vécus dans un climat paradoxal de grande vulnérabilité, étant donné le nombre croissant de familles éclatées, et donc de séparations subies. D'où une certaine incohérence et beaucoup d'angoisse, qu'elles expriment comme elles le peuvent.

Plus la petite fille aura été accrochée à sa mère de façon excessive, plus le travail d'individuation – incontournable pour l'adolescente qu'elle est devenue – sera source d'angoisse.

L'ANGOISSE DE SÉPARATION, LA PEUR DE L'ABANDON

Je rencontre Lucie, 17 ans, pour des crises de « spasmophilie ». En réalité, il s'agit de crises d'attaque de panique, qui se caractérisent par une peur intense de mourir et des symptômes physiques de type palpitations, fourmillements, vertiges. Ces crises surviennent souvent au lycée, où elle est en classe de terminale. De fait, Lucie a de plus en plus de mal à y aller, car elle appréhende une nouvelle crise.

Le travail avec Lucie mettra en évidence une forte angoisse de séparation. La perspective de quitter le lycée et de commencer une vie d'étudiante lui confirme qu'elle va devoir bientôt prendre son envol et s'éloigner de chez elle. Or Lucie a été élevée par sa mère seule, son père l'ayant reconnue mais ne s'en étant jamais occupé. Fille unique, le lien d'attachement est puissant, on le comprend aisément, et le travail de distanciation douloureux.

Parents, si vous sentez votre fille ambivalente sur le sujet, et que vous l'êtes aussi, n'hésitez pas à en parler ouvertement avec elle, à lui demander si la perspective de la fin du lycée l'angoisse – cela peut être aussi la fin du collège ou un départ en pension. N'hésitez pas à lui confier les différentes émotions que cela suscite chez vous et, surtout, rassurez-la. Dites-lui que vous avez confiance en elle, que votre lien est suffisamment solide pour résister à n'importe quelle distance. Et que vous vous réjouissez de voir évoluer votre relation qui s'enrichit avec le temps qui passe. Si les crises sont là et nombreuses, il est utile de consulter, car ces attaques de panique, qui sont très pénibles, enclenchent souvent une agoraphobie, c'est-à-dire la peur de s'éloigner de chez soi. Donc des soucis en cascade !

Cet accrochage peut aussi être en lien avec une situation de manque : l'adolescente ressent un manque de disponibilité, de temps, d'attention de ses parents.

C'est le cas de Clara, 16 ans, dont la mère, qui travaille beaucoup, est fort peu disponible. Bien qu'ayant appris toute petite à se « débrouiller » seule, elle se plaint de sa difficulté à se séparer. Elle me dit : « Ça m'arrive de piquer des crises de nerfs quand je pense à ma dépendance à ma mère, alors que pourtant, je m'en sens capable. »

Mais Clara court après une enfance qu'elle n'a pas eue, ses parents, à leur corps défendant, n'ayant pas su la protéger suffisamment et la considérer comme une enfant alors qu'elle était encore toute petite et complètement dépendante de leur regard. À l'âge où elle devrait prendre plus de champ, plus de distance, Clara, enfant qui, dans ce contexte, n'a pas pu construire une sécurité intérieure suffisamment solide, s'accroche à sa mère en attendant de celle-ci l'attention qu'elle espère depuis l'enfance. En thérapie, elle trouvera cette disponibilité, cette écoute, cette attention qui lui manquaient tant, et qui lui permettront d'ouvrir ses ailes.

LE LIEN DE DÉPENDANCE AUX PARENTS

Quelle que soit son histoire, l'adolescente interroge son lien de dépendance à ses parents avec plus ou moins d'anxiété.

Les nouvelles générations ont fait leurs premiers pas d'autonomie sous haute surveillance. Elle est loin, l'époque où, décidant qu'il était temps pour leurs filles de faire les trajets seules entre la maison et l'école, les parents les suivaient de loin le premier jour ou guettaient par la fenêtre si tout se passait bien. De nos jours, c'est équipées d'un téléphone qu'elles vont aller seules à l'école ou au collège : un petit sms en arrivant, un autre en rentrant, tout le monde est content.

Mais ce contrôle constant et assez anxieux se prolonge souvent bien au-delà des premiers pas seules dans la rue ou à travers leur ville.

Ainsi, Jeanne, 15 ans, fulmine contre sa mère : « Je suis à peine sortie le samedi soir qu'elle me demande où je suis ! Et je peux recevoir trois messages dans la soirée pour savoir si tout va bien. »

Parents, faites un petit effort ! Bien sûr qu'à 15 ans, votre fille doit vous dire où elle va passer sa soirée, mais une fois l'autorisation donnée, refrénez votre besoin de tout contrôler et de tout savoir. Elle ne peut se construire une nouvelle identité que si elle obtient la possibilité d'avoir des plages de secret, des moments de solitude, des occasions de transgresser. Cela vous fait peur et c'est normal, mais laisser son enfant s'éloigner et même l'encourager à prendre un peu de champ est un devoir parental. Et oui, votre enfant a des investissements affectifs ailleurs, rien de plus normal et même souhaitable.

SE DÉTACHER, C'EST AUSSI S'OPPOSER

Pour d'autres, la difficulté de se séparer, l'angoisse de s'éloigner, vient d'une grande répugnance de leurs parents à oser le conflit ! La tendance actuelle est d'éviter les conflits à tout prix, dans une sorte de mythe du « bonheur familial », vide de tout sentiment agressif.

La « passion de l'enfance » pour reprendre la formule de Boris Cyrulnik, dans son essai *Parler d'amour au bord du gouffre* (Odile Jacob, 2007), rend les enfants à la fois dépendants et tout-puissants : « L'enfant, englué dans une impossible séparation, contraint à être satisfait, voire enfermé dans une impossible dette pour tenter son autonomisation envers et contre des parents irréprochables, ne va pouvoir montrer sa différence que dans la violence du refus. »

Difficile, en effet, de se détacher de ses parents sans pouvoir s'opposer frontalement à eux, parents pourtant si ouverts, si compréhensifs, si tolérants, si « sympas » et parfois même si adolescents !

Le conflit, on le sait, est un repère nécessaire à l'adolescent. Il l'aide à se différencier et à trouver sa juste place : ni trop près ni trop loin !

Mais toutes les adolescentes ne sont pas habitées par cette anxiété de séparation, et certaines se confrontent sans état d'âme ! Souvent habituées à faire ce qu'elles veulent depuis longtemps, à obtenir facilement la satisfaction de leurs désirs, sans beaucoup de frustration, elles affirment haut et fort leurs exigences et n'en font qu'à leur tête. Nous en avons donné déjà quelques exemples. À 12-13 ans, se prenant pour des très grandes, elles revendiquent des libertés que leurs parents jugent prématurées mais qu'ils ont bien souvent du mal à limiter. Elles peuvent les harceler pour des sorties illimitées, des achats quand elles le souhaitent, de l'argent sans trop compter et leur téléphone le jour, mais surtout la nuit !

« J'ai l'impression que c'est sans fin, se plaint Camille, mère d'Iris, 15 ans. Si je lui dis oui pour sortir vendredi soir, elle me demande à sortir aussi samedi ; si j'accepte, elle veut rester dormir chez son amie... J'ai l'impression que mes "oui" ne lui font même pas plaisir, mais suscitent chez elle de nouvelles envies de permissions. »

Iris en demande toujours plus ; sans doute est-elle habituée à cela depuis longtemps. Le « non » de Camille doit être franc et sans appel. À un moment donné, il faut savoir arrêter la discussion, mettre un terme à une négociation usante.

LE CHANTAGE AFFECTIF

Les séparations et les recompositions familiales sont souvent pour ces adolescentes une formidable occasion de manier le chantage affectif, pour n'en faire qu'à leur tête. « Depuis que mes parents sont séparés, je m'entends beaucoup mieux avec chacun d'entre eux et je me sens beaucoup plus libre, s'exclame Paola, 13 ans. Ils sont si contents de nous retrouver, ma sœur et moi, une semaine sur deux, qu'ils sont beaucoup plus cool ! »

Le cas de Paola est en effet fréquent : leur père, leur mère, pris dans la culpabilité de leur avoir « joué un mauvais tour » en se séparant, ne veulent surtout pas perdre leur amour. Certains sont même en rivalité l'un envers l'autre et répugnent à poser des limites, de peur d'être moins aimés que leur ex-conjoint, quand ce n'est pas tout simplement pour le contredire, histoire de prolonger le conflit ! On est dans un jeu de séduction malsain, où les adultes sont sûrs de perdre…

Quand une jeune adolescente passe une semaine chez son père qui lui laisse faire ce qu'elle veut et est à sa dévotion, la semaine qu'elle passe ensuite chez sa mère, qui elle, essaie de tempérer – ou inversement –, est forcément orageuse.

C'est ce que me dit la mère d'Ella, 13 ans. Séparée du père d'Ella depuis qu'elle a 8 ans, la communication avec lui est inexistante. « Son père lui passe tout et jubile d'être adoré par sa fille. C'est pathétique. Elle avait un smartphone à 10 ans, alors que j'étais contre. Du coup, elle passe son temps sur son téléphone, ne travaille pas, et dès que je m'oppose, ce sont des hurlements, elle claque les portes et menace d'aller vivre chez son père. »

Il est clair qu'Ella trouve dans ce conflit parental une belle occasion de s'opposer à sa mère et de se prouver qu'elle n'est plus un bébé ! Pourtant, la complicité de son père, son attitude permissive, ne l'aide pas vraiment à grandir et, sans le savoir, elle reste une petite fille toute-puissante et immature.

Parents séparés, essayez, malgré vos antagonismes, de faire taire vos rancœurs et votre peur de ne pas être aimés de votre progéniture. Lui laisser faire du chantage affectif, ce n'est pas l'aider à grandir, c'est lui donner un éternel statut de petite fille toute-puissante. Vous pouvez par exemple lui répondre : « C'est comme ça chez ton père/ta mère, mais pas chez moi », en vous gardant d'entrer dans une polémique ou des critiques acerbes.

LA PLACE DE LA BELLE-MÈRE

Dans les recompositions familiales, de plus en plus fréquentes, certaines belles-mères paient cher la peur de leur nouveau conjoint de s'opposer à sa fille adolescente. Celle-ci trouve en la « marâtre » une adversaire beaucoup moins menaçante que sa propre mère, puisqu'en s'opposant à elle, figure féminine, elle fait l'économie d'un conflit avec sa mère, avec qui souvent les liens se renforcent.

Bien des adolescentes, dans ces contextes, « attaquent » avec virulence cette belle-mère qui, dans l'imaginaire collectif, est la marâtre des contes de fées, de Blanche-Neige à Hansel et Gretel, en passant par Cendrillon. Souvent décrite comme laide, toujours méchante, acariâtre et rivale, la marâtre ne peut être qu'une figure hostile et persécutante. Cette représentation d'une belle-mère nécessairement odieuse, qui incarne véritablement la « mauvaise mère », permet à ces adolescentes de préserver intacte l'image maternelle. En attaquant belle-maman, elles épargnent maman ! Et évitent donc de prendre une distance qu'autrement, elles jugeraient nécessaire.

Ainsi, Nina, 14 ans, mène la vie dure à sa belle-mère Marion. Depuis que son père vit avec elle, Nina l'ignore. Ni bonjour ni bonsoir. « Elle ne me parle pas, elle s'adresse ostensiblement à son père et fait comme si je n'existais pas », explique cette jolie femme d'une trentaine d'années, qui n'a rien d'une belle-mère acariâtre. La difficulté vient du père, qui fait semblant de ne rien voir, par peur d'être en conflit avec sa fille. Mais lui, et lui seul, peut donner une place à Marion auprès de Nina, en disant par exemple, en cas de conflit : « Marion est ma compagne, je ne te demande pas de l'aimer mais je veux que tu la respectes. »

Dans son livre *Le complexe de la marâtre. être belle-mère dans une famille recomposée* (Payot, 2017), la psychologue Catherine Audibert dit fort justement que : « Pour créer des liens avec les enfants, la marâtre doit y être autorisée par le père… Dès qu'il se libère un peu de sa culpabilité, il permet qu'une porte s'ouvre entre sa compagne et ses enfants. »

On ne le répétera jamais assez : pères, faites taire votre culpabilité ou votre désir de séduire vos filles. N'hésitez pas à leur imposer, vis-à-vis de vos compagnes, non pas une obligation d'amour bien sûr, mais une obligation de respect. C'est aussi une façon de les faire grandir « vraiment ».

L'IMPACT DE L'ADOLESCENCE SUR LES FRÈRES ET SŒURS

Les frères et sœurs plus jeunes sont eux aussi souvent concernés et ébranlés par le passage à l'adolescence de leur grande sœur.

D'une part, alors qu'ils étaient proches et complices et jouaient encore ensemble il y a peu de temps, elle risque de s'éloigner d'eux, ne se considérant plus du tout sur la même planète.

D'autre part, les conflits que leur sœur ado peut avoir avec leurs parents les inquiètent. Alors qu'ils sont encore enfants, cette agressivité qui s'exprime de façon tapageuse, ces conflits répétés, cette insolence envers leurs parents – qui, pour eux, sont encore sur leur piédestal – sont inquiétants.

QUESTION DE PARENT

« Ma fille aînée ne joue plus avec sa petite sœur »

« Mes filles Alice et Joséphine ont toujours été très proches : elles jouaient ensemble, se faisaient des câlins, se défendaient même l'une l'autre quand je les grondais… Mais depuis qu'Alice devient ado, elle s'est beaucoup éloignée de sa sœur qui a cinq ans de moins, et qui lui voue une admiration sans nom. Alice la repousse, ne veut plus jouer avec elle, s'enferme dans sa chambre avec son portable… Et Joséphine est très triste. J'essaie de jouer avec elle, d'être présente, mais c'est avec sa sœur qu'elle a envie d'être. Comment gérer cela ? Que puis-je lui dire pour la rassurer ? Dois-je en parler à Alice ? »

Il est assez naturel qu'Alice s'éloigne de sa sœur pendant quelque temps. Rassurez-vous : elles se retrouveront dès que, à son tour, Joséphine entrera dans l'adolescence. Expliquez à la cadette que sa sœur l'aime tout autant, mais qu'à son âge, il est normal qu'elle se tourne davantage vers ses amis, à l'extérieur du cercle familial. Qu'elles se retrouveront tout aussi complices dans quelques années.

Favorisez les rencontres de Joséphine avec ses copines – en les invitant à déjeuner ou en vacances si vous pouvez – et acceptez sans inquiétude cette évolution.

Léon, 9 ans, dont la grande sœur de 15 ans est en pleine revendication agressive et qui, comme il le dit, « fait des crises », s'inquiète pour sa maman : « Parfois, elle pleure, elle est toujours de mauvaise humeur. »

Amandine, 8 ans, dernière d'une famille recomposée et seule enfant du « nouveau » couple, est anxieuse. Elle dort mal, pleure souvent et semble triste. Les entretiens avec elle mettront en évidence l'inquiétude que suscite chez elle le comportement de sa demi-sœur de 15 ans, la fille de son père, qui, une semaine sur deux, invective sa belle-mère, la mère d'Amandine. Cela provoque aussi des tensions dans le couple, des conflits, et Amandine ne comprend pas bien ce qui se joue dans la tête de sa grande sœur.

Parents, pensez à rassurer les plus jeunes quand la vie familiale est polluée par l'agressivité récurrente d'une adolescente. Dites-leur que c'est un moment qui ne durera pas, que vous êtes capables d'y faire face, et que cela n'est bien sûr pas de sa faute. Vous pouvez, là aussi, encourager les bons moments partagés autour d'un film familial – mais pas enfantin – à la télévision ou au cinéma, d'un jeu de société multigénérationnel ou d'une sortie adaptée à tous (bowling, escape game...).

Heureusement, l'adolescence peut aussi faire du bien à la fratrie, en rapprochant les plus jeunes de leurs aînés, grâce aux préoccupations qui deviennent de plus en plus similaires et qui peuvent donc être partagées. « Pendant longtemps, je me suis sentie la petite, l'enfant qui était mise de côté par mes grandes sœurs qui ont quatre et cinq ans de plus que moi, raconte Émilie, 15 ans. Mais maintenant que je suis en troisième, j'écoute les mêmes musiques qu'elles, je regarde des youtubeurs et on peut en parler ! » Comme quoi, Internet et les réseaux sociaux n'ont pas que des mauvais côtés !

LE CERCLE D'AMI·E·S

Les amis prennent une place primordiale dans la vie des adolescents et leur soutien est essentiel pour négocier la prise de distance avec les parents.

Cela a toujours existé : en grandissant, leur cercle amical se confirme, se précise et semble remplir toute leur vie. Mais les liens affectifs étant toujours chargés d'une certaine ambivalence, il peut y avoir une bonne dose d'agressivité mêlée aux sentiments affectueux. Les premières années de collège et la poussée pubertaire renforcent le potentiel agressif et peuvent créer des tensions fortes. Les filles, qui déchargent parfois peu cette agressivité naturelle par de l'activité sportive ou de l'agitation, apparaissent comme les championnes des petites méchancetés entre amies…

En consultation, on observe que cela semble franchement augmenter avec les années. L'éducation des enfants, dominée par le souci de satisfaire leurs moindres désirs pour assurer leur épanouissement et développer leurs compétences, sans beaucoup de limites, ne les prépare pas bien à la confrontation avec les autres. Tous veulent s'imposer. Et chez les filles, cela passe souvent par des paroles qui peuvent être dures. Les luttes de pouvoir sont légion, les déceptions aussi.

Beaucoup de consultations de jeunes adolescentes tournent ainsi autour des conflits qui naissent entre elles. Il faut savoir les écouter et ne pas leur renvoyer que ce sont « des enfantillages », et qu'elles doivent toujours se débrouiller seules, car ces derniers les font beaucoup souffrir et même parfois être source de désespoir. Mais il faut aussi amener ces adolescentes à réinterroger leurs propres comportements afin d'éviter qu'elles ne tombent dans un système de projection où « c'est toujours la faute de l'autre ».

Juliette, 10 ans, pleure dans mon bureau et semble réellement très abattue parce que, me dit-elle : « Les autres me rejettent, car Carla les monte contre moi. Et comme elles veulent rester amies avec elle, eh bien, elles ne me parlent plus. » Il faut entendre que sa déception est grande et la confronte à ses limites.

Un rien autoritaire, Juliette, qui dans sa famille où elle est l'aînée et la seule fille, doit apprendre qu'elle ne peut pas toujours tout décider et que, comme elle, les autres ont leurs envies et leurs besoins.

Se mettre à la place de l'autre, accepter de ne pas être toute-puissante, les petites filles d'aujourd'hui y sont moins bien préparées. D'où leurs difficultés plus nombreuses quand, l'adolescence venant, elles doivent immanquablement se confronter aux limites que leur impose le désir des autres.

L'ÉPOQUE DES ÉLOIGNEMENTS ET DES FORTES DÉSILLUSIONS

Les conflits sont donc très nombreux au début du collège. Ils peuvent être violents. Gabrielle, 12 ans, en cinquième, a un caractère bien trempé et n'a pas sa langue dans sa poche. Elle s'exprime avec une grande aisance, mais se plaint auprès de moi : « Lily me clashe tout le temps et tout le monde rigole. J'ai fini par répondre à ses clashs. On s'est hurlé dessus. Depuis, on ne se parle plus. »

Le début du collège est à haut risque de petites chamailleries ou de grandes disputes, d'autant plus que, comme nous l'avons vu, la puberté se déclenchant à des âges différents, les grandes amies de l'école primaire n'auront pas forcément un développement physiologique similaire ! D'où des éloignements et des désillusions fortes.

QUESTION DE PARENT

« Ma fille ne se remet pas de sa dispute avec sa meilleure amie ! »

« À la suite d'une dispute avec sa meilleure amie, ma fille Solène, qui a 16 ans, est très triste depuis plusieurs jours. Elle s'enferme dans sa chambre quand elle rentre, ne veut pas venir à table et n'est pas sortie du week-end, alors qu'habituellement, elle passe son temps avec ses copains. Quand je l'entraperçois, elle a les yeux tout gonflés. J'ai essayé de lui parler, mais elle ne veut rien dire. Je m'inquiète. Faut-il lui proposer d'aller chez le psy ? »

Vous avez sans doute raison de vous inquiéter, car votre fille exprime de la détresse. Elle n'a plus 10 ans, donc sa dispute avec sa meilleure amie n'est pas qu'une embrouille de cour de récréation. Il y a sûrement derrière des comportements ou des événements pénibles, une trahison, un secret dévoilé. Vous ne pouvez que respecter son silence, mais vous pouvez lui faire part de votre inquiétude et lui conseiller d'aller en parler à quelqu'un de neutre. Cela peut être un psy, le médecin généraliste ou un adulte en qui elle a confiance.

Morgane, 12 ans, qui était si amie avec Sonia, a pris dix centimètres en quelques mois et un air de jeune fille dont elle est très fière. Les allures enfantines de Sonia sont pour elle une référence trop dérangeante à cette enfance qu'elle quitte. Sonia, elle, se désespère et voudrait bien que les choses reviennent comme avant. Mais elle n'a pas ce pouvoir-là et est confrontée aux limites du désir de Morgane. Un apprentissage douloureux mais nécessaire, que les parents doivent soutenir sans toutefois s'indigner ou le prendre trop à cœur : ces revirements sont fréquents et naturels, ils leur apprennent aussi à se confronter aux autres. Les laisser trouver seules des solutions à leurs disputes est le plus souvent préférable à des interventions directes et intempestives. Même s'il existe des différences entre les enfantillages et les vraies disputes.

Parents, d'une manière générale, ne vous en mêlez pas trop, n'essayez pas à tout prix d'arranger les choses, n'intervenez pas directement ! Contentez-vous d'être des oreilles suffisamment attentives et bienveillantes et reconnaissez-leur la peine que cela peut induire. Posez quelques paroles rassurantes, en disant par exemple que quand on a été capable une fois de se faire une amie, on ne perd pas cette compétence, et que parfois, on rencontre quelqu'un qu'on aime encore davantage et qui nous convient mieux. Si le mal-être perdure, essayez d'en savoir plus et n'hésitez pas, alors, à prendre contact avec l'école ou d'autres parents pour mieux cerner la situation.

La « meilleure amie », celle qu'on garde du primaire ou, plus fréquemment, qu'on rencontre au collège, prend une place importante. Ces amitiés solides permettent aux adolescentes d'affronter les événements de la vie, les joies, les chagrins, les succès, les échecs. Séparation des parents, maladies, chômage, conflits avec un frère ou une sœur et bien sûr les aléas de leurs premiers émois, la meilleure amie est celle avec qui on partage tout sous le sceau du secret, avec laquelle on peut parler pendant des heures de la vie, pleurer et rire. « Clara, elle me comprend tellement bien ! On a vraiment la même vision de la vie, les mêmes questions ! », confie Célestine, 14 ans.

La meilleure amie peut d'ailleurs être un meilleur ami : Solène, 15 ans, a rencontré Benjamin en cinquième. « On était dans la même classe, nos parents se connaissaient, nous pas trop. On est devenus meilleurs amis, et même si aujourd'hui on n'est plus dans le même lycée, on s'appelle tous les jours et on se dit tout. »

LA BANDE DE POTES

À côté de cette meilleure amie ou de ce meilleur ami, le groupe de « potes », comme ils disent, joue un rôle essentiel.

Le groupe donne à l'adolescente une assurance qui lui fait très souvent défaut. En faire partie et y avoir une bonne place est à ses yeux essentiel. Mais la loi du groupe est dure, de plus en plus dure.

La société, mais aussi leur éducation, pousse les adolescents à s'affirmer haut et fort pour être reconnus. Chez les filles, les réseaux sociaux exacerbent ce besoin de reconnaissance. Ils décuplent leur souci d'elles-mêmes, de leur image. Ce narcissisme échevelé les fragilise, certaines plus que d'autres.

Dans l'un de ses derniers livres, *Le règne de la séduction* (Albin Michel, 2012), le psychiatre Daniel Marcelli souligne que, « si jadis l'adolescent était entravé par son désir, il est aujourd'hui aliéné par son besoin de reconnaissance. C'est la raison pour laquelle il oscille constamment entre fragilité et arrogance ».

Faire partie d'un groupe leur apparaît donc indispensable. Au début du collège, ce sont surtout des groupes de filles d'un côté, des groupes de garçons de l'autre. Mais, très vite, et cela parfois dès la sixième et presque toujours en cinquième, les plus dégourdis, les plus affirmés, ceux dont la puberté est aussi bien amorcée, vont former des groupes mixtes. Ce sont les ados « populaires ». Affirmés, un peu bruyants, adorant attirer le regard, nourrissant l'envie de ceux qu'ils nomment plus ou moins gentiment les « bolos » ou les « casos », ils occupent avec panache la cour de récréation.

Ils se retrouvent aussi à la sortie pour prolonger les échanges et se connectent très vite, une fois rentrés chez eux, pour ne pas perdre le fil…

Ne diabolisons rien et même réjouissons-nous. Ces groupes sont le plus souvent joyeux et festifs et ils donnent à leurs heureux membres de la bonne humeur, de l'énergie. Ils leur permettent de surmonter les tensions liées à leurs études et à celles qu'ils peuvent connaître en famille. Soutenus par leurs pairs, ils prennent confiance et affrontent l'avenir qui s'ouvre à eux, avec toutes ses incertitudes, avec moins d'angoisse. Ils leur donnent l'envie de sortir de chez eux, de se lever le matin !

LA VIOLENCE DU GROUPE

Mais certains de ces groupes peuvent aussi véhiculer une bonne dose d'agressivité, voire de violence. Leur liberté de se dire tout et n'importe quoi « pour rigoler », avec un vocabulaire chargé d'invectives, flirte parfois avec la méchanceté et peut abîmer les plus fragiles. Les limites sont vite floues et les débordements font de gros dégâts.

Parfois, même la plus populaire des filles peut se retrouver la cible d'attaques en tous genres, l'objet de rumeurs déstabilisantes.

QUESTION DE PARENT

« Ma fille a très peu d'amis »

« Ma fille n'est pas très sociable. Au lycée, elle a deux bonnes copines, qui viennent de temps en temps à la maison, mais pas de bande d'amis avec lesquels elle sort le soir. Pourtant, à la sortie du lycée, il y a plein de jeunes qui ont l'air très sympas et sont en groupes. J'aimerais bien qu'elle profite aussi de cette belle période de la vie, qu'elle ait plus d'amis, envie de s'amuser... Comment l'aider ? »

Si le groupe est très apprécié de nombreuses adolescentes, quelques-unes n'ont pas de « bande » et privilégient des relations plus intimes avec quelques amies proches. Certaines sont un peu réservées et l'effervescence de la bande ne leur convient pas. Elles ont l'impression de ne pas y avoir leur place. D'autres, parfois des filles qui sont très douées intellectuellement, à

Haut Potentiel, ont une hyper-maturité qui fait qu'elles sont en décalage avec les autres du même âge. Elles sont plus à l'aise avec les adultes ou en petit comité, car elles préfèrent la réflexion aux conversations un peu superficielles de ces bandes.

Si votre fille n'est pas dans le repli, n'est pas triste, ne se plaint pas, laissez-la vivre sa vie sociale à sa guise.

Tess, 14 ans, en troisième dans un collège d'une banlieue plutôt chic de l'ouest parisien, est effondrée. Très populaire depuis l'année précédente, elle se retrouve aujourd'hui beaucoup plus isolée, soutenue par sa meilleure amie, qui, me dit-elle, « ne me lâche pas ». Une autre fille de leur groupe aurait dit à une autre qui aurait dit à une autre « que j'avais piqué le petit ami de mon ex-meilleure amie, que c'est pour ça qu'on ne se parlait plus ». Une rumeur non fondée, dit-elle, mais qui a circulé à la vitesse de l'éclair et la désole. « Ils me traitent de salope, et quand j'arrive, ils arrêtent de parler. » De quoi en effet être désolée !

Jolie fille, déjà très « jeune fille », Tess a toujours eu depuis l'école primaire beaucoup d'amis, elle attise sûrement les jalousies. En a-t-elle fait un peu trop, elle qui a toujours le dernier accessoire à la mode, qui laisse entendre qu'on ne lui refuse rien et qui poste beaucoup de photos sur les réseaux ? Peut-être ! Son assurance enviée a pu être brutalement interprétée comme de l'arrogance.

Ce qui est certain, c'est qu'elle n'a pas mesuré jusqu'ici la fragilité de ces liens basés essentiellement sur les apparences.

Parents, prévenez vos filles que ce jeu des apparences est dangereux. Qu'à vouloir toujours être les plus belles, celles qui attirent tous les regards, qui se réjouissent de « faire envie » en montrant d'elles sur les réseaux une vie de rêve, elles prennent le risque de voir ceux qu'elles croyaient leurs amis être exaspérés et, au bout du compte, trop heureux de s'en prendre à elles.

LES RÉSEAUX SOCIAUX POUR ÊTRE RECONNUES

Inconsciemment, « faire envie » est l'une des choses qui animent ces adolescentes un peu effervescentes. Et ce « faire envie », de préférence à la terre entière, est indéniablement l'un des ressorts des réseaux sociaux qu'elles affectionnent tant et qui parfois remplissent le plus clair de leur temps.

On n'a aucun mal à comprendre le succès planétaire des réseaux sociaux auprès des jeunes d'aujourd'hui, et surtout des jeunes filles. Ils répondent parfaitement à leur besoin de reconnaissance pour se construire une nouvelle identité et à leur souci de maîtriser leur image en la mettant en scène à leur guise. Les filles sont les championnes des filtres et autres logiciels qui les installent dans des décors qui les mettent en valeur. Elles savent prendre la pose qui les rendra plus jolies, mieux mises en valeur ou carrément sexy.

Snapchat, TikTok, Instagram, WhatsApp, Facebook, YouTube, les adolescents les adorent et les utilisent souvent avant l'âge légal et sans le consentement de leurs parents.

Quelques chiffres : l'étude de l'association Génération numérique, réalisée en 2020 auprès de 11 056 jeunes âgés de 11 à 18 ans, montre d'abord que 59 % des moins de 13 ans ont un compte, au moins sur un réseau social ! Cela veut dire que 59 % des ados ne respectent pas les limites d'âge et que les parents les laissent faire ou ne les soupçonnent pas.

Cette même étude classe le top 3 des réseaux utilisés par ces jeunes. Arrive en tête Snapchat : 83 % des 11-14 ans l'utilisent et 92 % des 15-18 ans. Cette plateforme a un succès fou parce qu'elle permet des groupes de discussion, mais surtout parce que les publications sont éphémères : elles s'effacent après avoir été lues (message) ou vues (vidéo).

En deuxième position, on trouve YouTube. 73 % des 11-14 ans et 81 % des 15-18 ans y ont un compte. Ils regardent leurs vidéos préférées ; celles des influenceur·se·s qui fleurissent sur la Toile deviennent des modèles identificatoires puissants et transmettent le meilleur... mais souvent le pire !

En troisième place, on trouve Instagram. 61 % des 11-14 ans et 86 % des 15-18 ans l'utilisent. Ils postent des photos et des stories bien sûr, et nous verrons que les filles en raffolent, mais ils l'utilisent aussi comme messagerie.

À cela s'ajoute TikTok, une application de partage de vidéos, où l'utilisateur choisit une chanson puis se filme par-dessus. Alors qu'au début, elle était surtout axée sur la danse, elle s'est aujourd'hui ouverte à l'humour, aux débats d'idées, à la mode... Utilisée par des très jeunes, son succès va croissant et son influence est certaine.

Et puis il y a Signal, où ils créent des groupes pour converser, partager des photos, des vidéos. Ils l'utilisent avec assiduité, et cela leur sert de couverture auprès de leurs parents puisqu'ils ont maintenant couramment un groupe de classe sur l'application, censé leur apporter des « informations essentielles ».

Tout cela leur prend un temps qui peut être vertigineux, surtout sur les moments passés en famille, puisqu'ils ne sont pas censés avoir leur précieux téléphone au collège ou au lycée. Ainsi, certains prolongent la journée tard dans la soirée puisque 62 % des ados ont un appareil numérique en permanence avec eux dans leur chambre, et 30 % se réveillent la nuit ou restent éveillés pour être sur les écrans.

QUESTION DE PARENT

« Ma fille est accro aux réseaux ! »

« Ma fille Marie, 15 ans, est en permanence sur les réseaux sociaux. Son téléphone n'arrête pas d'afficher des notifications de Snapchat, d'Instagram… Cela m'agace et j'ai peur que cela provoque chez elle de l'hyperactivité et des problèmes d'attention. Ai-je raison ? Comment l'aider à arrêter ce qui, de mon point de vue, tourne à l'addiction ? »

De l'addiction, sans doute pas, au sens où on l'entend quand on parle de quelqu'un de dépendant à l'alcool ou à une drogue, mais plutôt un usage excessif qui lui prend trop de temps. Cet usage excessif peut effectivement avoir une incidence sur sa concentration, car on sait que trop de temps d'écran développe l'attention divisée et affaiblit l'attention soutenue, celle pourtant dont on a besoin pour apprendre et retenir !

Posez-lui des limites : pas de téléphone à table, ni passé une certaine heure. Et quand elle travaille, demandez-lui de le poser hors de sa portée pour ne pas être distraite.

LES AMIS VIRTUELS ET LES PRÉCIEUX LIKES

Les réseaux sociaux, où l'on accumule lles amis en grand nombre, répondent précisément à leur préoccupation du moment : ne pas être seul. La communauté qu'ils forment avec leurs pairs leur prouve qu'ils peuvent quitter l'enfance sans risque, qu'ils sont soutenus par d'autres, et que les adultes sont des dinosaures dont ils n'ont plus rien à apprendre.

Ils connaissent certains de ces « amis » de très très loin, voire pas du tout, mais leur nombre est là pour impressionner ceux qu'ils connaissent dans la vraie vie. Cela va renforcer l'estime de soi de certains, et pouvoir en sortir d'autres d'un isolement douloureux. Cette communauté virtuelle va d'ailleurs parfois renforcer des liens d'amitié et même en créer. C'est ce que raconte Hanna, 15 ans, fan de mangas et qui a toujours été assez solitaire : « Moi je n'ai jamais eu beaucoup d'amis, mais ça ne me manque pas trop. J'ai une passion pour les mangas, alors, quand j'entendais au collège les autres parler de fringues et de maquillage, je me sentais très différente. En début d'année, je me suis inscrite sur Instagram pour voir ce que c'était et j'ai rejoint une page d'adeptes des mangas. Très vite, j'ai commencé à parler avec des gens de mon âge qui partageaient la même passion et j'en ai même rencontré deux qui habitent dans la même ville que moi. Maintenant, on se voit une fois par semaine pour partager notre passion commune ! »

Les réseaux sociaux répondent aussi au souci qu'ont les adolescents, en particulier les filles, de leur image. La puberté a transformé leur corps de façon parfois spectaculaire en quelques mois, et il n'est pas simple pour elles de s'approprier tous ces changements. En postant, parfois avec frénésie et sans beaucoup de retenue, des photos d'elles, les adolescentes se regardent, s'auscultent même. Leur passion des selfies s'explique par cette fascination pour ce nouveau visage qui n'a plus les traits de l'enfance. Elles le regardent et s'exposent aux autres, attendant fébrilement les likes et les commentaires de leurs followers.

Les plus chanceuses, peut-être les plus impliquées aussi, vont se sentir renforcées, et vont continuer de s'affirmer. Comme Mia, qui, après avoir posté sur Instagram une photo d'elle avec sa nouvelle chemise il y a à peine trente minutes, s'exclame, victorieuse : « J'ai déjà 120 likes !!! » Si ce genre de réaction peut exaspérer certains parents, elle peut aussi être l'occasion d'ouvrir le dialogue, de demander à sa fille d'expliquer et de montrer en quoi consiste ce réseau social, ce que ça lui apporte, pourquoi c'est si important pour elle d'avoir tous ces « likes ». L'idée est de lui montrer que, loin d'avoir des jugements à l'emporte-pièce, ses parents peuvent, eux aussi, être ouverts et s'intéresser à son monde.

LA RECHERCHE DE MODÈLES IDENTIFICATOIRES

Car les adolescents, dans cette logique d'éloignement des figures parentales qui les rattachent dangereusement à l'enfance, sont à la recherche de modèles identificatoires.

Pour les filles, ce sont surtout les influenceuses qui jouent ce rôle. Elles leur montrent la marche à suivre dans les domaines les plus variés : du maquillage à la diététique, comment s'habiller mais aussi comment penser la société, gérer sa vie amoureuse ou ses relations amicales. Elles leur apparaissent beaucoup plus séduisantes, beaucoup plus crédibles que leurs parents, qui sont mis au rang des antiquités, quels que soient leur âge et leur style… Cela leur ouvre des horizons, leur montre d'autres façons de penser, d'autres valeurs que celles érigées en famille. Pourquoi pas ! Il est facile de comprendre que les réseaux sociaux ont toutes les raisons de séduire cette jeunesse.

Si l'on comprend l'inquiétude des parents face à ce nouveau monde qu'ils ne maîtrisent absolument pas, il est important, tout en restant vigilants, de ne pas les diaboliser à outrance.

Parents, ne baissez pas les bras devant une tâche devenue bien ingrate, continuez le dialogue et ne vous dites jamais que vous n'avez plus rien à leur transmettre ! Je crois qu'à partir de 13-14 ans, il ne faut pas interdire les réseaux sociaux, au risque de marginaliser l'ado, ce qui est redouté et redoutable. En revanche, soyons clairs, ils ne sont pas sans risque et demandent une éducation préalable à la cyber-sécurité et à une utilisation responsable.

UNE ÉDUCATION À LA CYBER-SÉCURITÉ SOUVENT OUBLIÉE

On ne le répétera jamais assez : les conseils et la supervision des parents ne sont pas en option. Une éducation est nécessaire, or elle est loin d'être systématique. C'est là que le bât blesse et que les dérapages sont nombreux, avec des conséquences parfois dramatiques. Et les jeunes filles paient un lourd tribut…

Justement, que faut-il inlassablement rappeler, sans se formaliser face à leurs yeux levés au ciel ou leur « je sais, je sais » ?

Déjà, il faut leur parler de deux notions qui les protègent : la pudeur et l'intimité. Elles sont particulièrement mises à mal. Il n'y a qu'à regarder les photos que certaines jeunes filles postent d'elles-mêmes, les échanges de vidéos qui circulent, souvent crues et provocantes, pour comprendre qu'elles oublient que la Toile est tout sauf un espace privé et qu'elles prennent alors le risque de s'exposer à tout vent.

Il faut leur rappeler qu'une fois que les photos ou les vidéos sont postées, elles peuvent être récupérées par n'importe qui, qui peut en faire n'importe quoi ! J'en ai vu plus d'une pleurer dans mon bureau, car la photo impudique qu'elles avaient postée avait finalement été récupérée et faisait le tour du collège. Comme Camille, pas encore 14 ans, qui s'est photographiée en petite culotte et tee-shirt mouillé, morte de honte devant moi et ses parents consternés, car une capture d'écran a été faite et que la photo avait été vue par presque tous les quatrièmes. Comme je lui demandais si elle se serait montrée comme ça dans la vraie vie, son « bien sûr que non » sonnait comme une évidence.

Le virtuel brouille les cartes et les fait raisonner de travers, ou plutôt pas raisonner du tout.

Et pourtant, il est absolument essentiel qu'elles réfléchissent trente secondes avant de cliquer et d'envoyer, car elles s'exposent encore davantage au cyber-harcèlement, au cyber-sexisme et au Revenge porn qui sont les nouvelles formes de violences dont elles font les frais.

Si le harcèlement classique n'augmente pas, la cyber-violence explose ! Les cyber-violences regroupent les propos diffamatoires et discriminatoires, les propos humiliants et injurieux, la divulgation d'images personnelles, les intimidations, les insultes, les moqueries, l'usurpation d'identité, l'incitation à la haine, faits sur Internet.

Ces contenus sont évidemment rendus publics sur les réseaux sociaux. L'anonymat favorise le sentiment d'impunité et le simple « clic », la rapidité de la diffusion n'importe quand, de jour comme de nuit… C'est une véritable traînée de poudre.

L'Institut Montaigne, dans une étude de 2020, révèle que 56 % des jeunes Français entre 11 et 20 ans déclarent avoir été victimes de cyber-violence au moins une fois. Il s'agit de 18 % d'insultes ; 17 % d'images intimes reçues mais non demandées ; 13 % de rumeurs et 9 % de menaces.

Et près d'un jeune sur quatre reconnaît avoir commis des actes du même type.

QUESTION DE PARENT

« Ma fille se retrouve en petite tenue sur les réseaux ! »

« Ma fille Carla, 16 ans, a été victime de cyber-violence. Son ancien petit copain, qui était dans sa classe l'an dernier, est jaloux car elle est sortie avec l'un de ses amis. Il a posté une photo d'elle en petite tenue sur Snapchat. Elle vient de s'en apercevoir et a demandé à Snapchat d'enlever la photo. Je suis très choquée. J'ai envie d'appeler le directeur du lycée pour le dénoncer, mais ma fille m'a fait promettre de ne pas le faire. Que dois-je faire ? Comment la défendre et la rassurer ? »

Ce qu'a fait son ex-copain est un délit. Il faut le rappeler à votre fille et lui dire qu'il est de votre responsabilité de parents de la protéger et donc de prévenir le directeur du lycée. Ce garçon doit être au moins entendu et sanctionné. Rassurez-la, dites-lui qu'il ne mérite ni sa protection ni son indulgence, et qu'un avertissement sérieux lui évitera peut-être de faire pire avec d'autres victimes. C'est aussi le protéger d'une certaine façon – et c'est ce qu'elle pourra expliquer à ses copains de lycée s'ils lui demandent pourquoi elle vous en a parlé et pourquoi vous, vous avez fait la démarche d'alerter le lycée.

Les filles, on ne s'en étonnera pas, ont tendance à être plus fréquemment victimes de rumeurs à leur encontre : 39 % contre 26 % pour les garçons. Elles reçoivent aussi beaucoup plus de messages avec des contenus sexuels explicites et non désirés.

La période la plus à risque, nous l'avons déjà mentionné, est celle du collège, entre 11 et 14 ans. Excitées, avec un sentiment de toute-puissance et d'impunité mélangées, les injures, les brimades, les moqueries répétées et les rumeurs dépassent largement les cours de récréation. Lancées aussi bien par des filles que par des garçons, elles touchent davantage les filles et poursuivent les malheureuses jusqu'à chez elles. Elles ont souvent honte, se sentent minables et se renferment dans un silence dangereux.

Parents de ces jeunes abonnées, soyez vigilants, sans être intrusifs. Ne vérifiez pas dans leur dos ce qu'ils font, mais dites-leur qu'inopinément, et seulement avec eux, vous regarderez de temps en temps leur compte. Plus soucieux du temps passé sur les écrans que ce qu'ils y font, vous êtes parfois ahuris quand vous êtes informés par un tiers que votre enfant a publié une photo choquante ou a harcelé une copine.

DES CONSÉQUENCES PARFOIS DRAMATIQUES

Filles ou garçons, ils ne mesurent pas, à leur âge, les conséquences de ce qu'ils font. Les faire réfléchir est indispensable. Le plus souvent dans l'impulsivité, rarement dans la réflexion, ils n'anticipent pas, ne se mettent pas à la place des autres.

Aujourd'hui, en quelques minutes, une photographie prise dans un cadre privé peut se retrouver repartagée des dizaines de fois sur des réseaux comme WhatsApp ou Twitter, dans le but d'humilier un·e ex-ami·e ou petit·e ami·e, ou d'exprimer sa vengeance ou sa jalousie à la suite d'une séparation. Bien entendu, ce dérapage ne concerne pas seulement les adolescentes – on l'a vu avec l'affaire Benjamin Griveaux, candidat à la mairie de Paris début 2020, dont les vidéos à caractère sexuel publiées sur les réseaux sociaux ont eu raison de sa carrière politique.

Mais les jeunes filles sont particulièrement fragiles et vulnérables face à cela, comme le raconte Manon, 16 ans. « J'ai eu un petit ami pendant deux mois l'an dernier. On n'a pas eu de vraie relation sexuelle mais on s'embrassait, on se caressait… Un soir, il m'a demandé sur WhatsApp de lui envoyer un nude (une photo de moi un peu dénudée). Je l'ai fait (avec les bras qui cachaient ma poitrine, heureusement), parce que c'était entre nous, un peu dans l'excitation. Il m'a dit qu'il me trouvait belle, je me sentais grande. Quinze jours après, on a rompu, et j'ai appris qu'avec ses meilleurs copains, ils avaient un groupe WhatsApp où ils partageaient les photos nude de leurs ex. Je me suis sentie humiliée, sale, j'avais l'impression que tout le monde me regardait en me jugeant. Depuis, j'ai du mal à refaire confiance. »

Parents, il faut vraiment rappeler inlassablement à vos filles qu'Internet est tout sauf un espace privé, que les photos et les vidéos envoyées ne leur appartiennent plus, et que, même avec son amoureux du moment, et aussi amoureux soit-on, on ne s'exhibe pas dans des postures intimes. Vous pouvez leur dire qu'elles doivent comprendre que quand ces photos ou ces vidéos sont utilisées pour les salir, la violence ressentie est inouïe et qu'elle fait terriblement souffrir.

Car hélas, on le sait, les conséquences peuvent être dramatiques et entraîner la victime dans un cercle vicieux pouvant aller jusqu'au suicide. Ou conduire à des comportements d'une extrême violence comme on l'a vu récemment dans le fait divers à Argenteuil, où un « jeune couple » de 15 ans a attiré Alisha, 14 ans, dans un guet-apens qui s'est terminé par la noyade de la jeune fille dans la Seine.

Revenge porn, photomontages dégradants, insultes sur le web, etc., les appels pour cyber-harcèlement sur la plateforme Net écoute, le numéro vert national destiné aux enfants et aux adolescents confrontés à des problèmes dans leurs usages numériques, sont en constante augmentation. La pandémie a marqué un coup d'accélérateur avec la multiplication des relations virtuelles favorisant les échanges de contenus à caractère sexuel.

La prévention, l'éducation sont donc essentielles et vont éviter bien des dérapages. Mais si malgré tout dérapage il y a, votre fille a besoin de votre soutien sans faille. Dites-vous qu'elle est totalement dépassée par les événements, elle est sidérée, elle se sent nulle, donc elle attend de vous aide et réactions. Ces comportements violents – menaces, injures, chantage, usurpation d'identité – sont des délits. Il faut porter plainte au commissariat.

Si le collège ou le lycée sont concernés, il faut bien sûr demander un rendez-vous avec la direction, qui, de son côté, ouvrira une enquête pour punir les coupables et alerter leurs familles. On peut aussi appeler et échanger avec les écoutants de l'association e-Enfance en composant le 3018 violences numériques : partenaires de confiance des plateformes, ils peuvent faire supprimer des contenus en moins d'une heure et faire des signalements prioritaires. Ils sont joignables 7 jours/7 dans la journée et en soirée. On peut également prendre conseil auprès de Net écoute, qui saura vous expliquer les démarches, vous guider, vous conseiller. Ce n'est plus le moment de dire à sa fille « Tu n'aurais pas dû » ! Elle le sait et s'en morfond. Il faut la réconforter, reconnaître la violence de ce qu'elle subit et lui témoigner votre tendresse et votre confiance. Laissez la tempête passer. Si vous la sentez durablement ébranlée, que vous avez le sentiment qu'elle se replie ou déprime, allez consulter avec elle.

En résumé

- Les adolescentes ont besoin de mettre leurs parents à distance afin de construire leur propre identité et de pouvoir s'engager dans des liens affectifs propres à l'extérieur du cercle familial. Mais elles n'ont pas envie pour autant de perdre leur amour.

- Les pathologies de la séparation, comme les attaques de panique, les crises d'angoisse, les troubles du sommeil, les plaintes somatiques sont en augmentation chez les filles ces dernières années. Elles sont des symptômes d'un mal-être et méritent d'être prises en charge.

- Beaucoup de parents d'aujourd'hui évitent à tout prix le conflit avec leurs filles, par peur de ne plus être aimés, alors que ce conflit est nécessaire et participe à la construction de l'adolescente, en lui permettant de se détacher.

- À l'adolescence, les amis – la meilleure amie comme la bande de potes – occupent une place de plus en plus importante chez les filles. Source de grandes joies, ils provoquent aussi de fortes tensions qui les préoccupent beaucoup et sont des motifs fréquents de consultation.

- Les réseaux sociaux répondent parfaitement au besoin actuel des jeunes adolescentes de reconnaissance, de se construire une identité nouvelle et de maîtriser leur image en la mettant en scène à leur guise. Ils ne doivent pas être diabolisés, mais ils doivent être l'objet d'une grande vigilance.

Mes conseils

✔ Parents séparés, ne cédez pas au chantage affectif dont usent à merveille les jeunes adolescentes. Elles sont très fortes pour s'engouffrer dans les failles, jouer sur le conflit parental pour en tirer profit et obtenir tout ce qu'elles veulent, que ce soient les sorties ou des cadeaux. Céder à tous leurs caprices n'est pas leur rendre service : elles en voudront toujours plus !

- ✔ Pères divorcés et à nouveau en couple, faites taire votre désir, plus ou moins conscient, de séduire votre fille. N'hésitez pas à lui imposer, vis-à-vis de votre nouvelle compagne, non pas une obligation d'amour, mais au moins une obligation de respect. C'est la meilleure façon de la faire grandir.

- ✔ Si votre adolescente vous parle des disputes et des conflits avec ses amies, écoutez-la. Même si cela vous semble futile et enfantin, ne banalisez surtout pas ses propos, mais ne vous impliquez pas non plus trop personnellement. À cet âge-là, les relations amicales sont extrêmement importantes et les brouilles sont souvent source de consultation.

- ✔ Plutôt que de critiquer systématiquement les réseaux sociaux sur lesquels votre fille passe sa vie, intéressez-vous à ceux qu'elle utilise : demandez-lui de vous montrer ce qu'est TikTok ou Snapchat, de vous expliquer pourquoi cela lui plaît tant...

- ✔ Pour les protéger des risques de cyber-harcèlement, parlez-leur, assez tôt, de deux notions essentielles : la pudeur et l'intimité. Et rappelez-leur qu'il vaut mieux réfléchir avant d'envoyer une photo dénudée à son petit ami du moment. Une fois que les photos ou les vidéos sont postées, c'est trop tard...

- ✔ N'oubliez pas, enfin, de leur indiquer le numéro d'appel national 3018 de e-Enfance en cas de cyber-violence et de cyber-harcèlement.

5

Les adolescentes et les sorties

> « *Moi, j'adore aller en soirée. La musique à fond, les copains autour, on danse, on rit, on oublie tous les problèmes… Dans ces moments-là, j'ai vraiment l'impression de vivre au maximum.* »
>
> Elsa, 15 ans

Avec l'adolescence, les filles comme les garçons ont donc de plus en plus besoin de vivre leur propre vie, en dehors de leurs parents et de leur famille. Leurs amis deviennent pour eux une priorité absolue : ils y puisent de l'énergie, de la bonne humeur et le courage aussi de tourner le dos à l'enfance. Rappelons qu'ils sont souvent, vis-à-vis de cette nécessité qui les éloigne de la protection parentale, dans une belle ambivalence ; ils oscillent entre l'excitation de s'envoler et la peur « d'être lâchés ». Mais nécessité faisant loi, ils vont donc revendiquer de passer le plus de temps possible avec leurs copains, en dehors du temps scolaire, et loin du regard et du contrôle des parents. La question des sorties va faire une entrée souvent remarquée et fracassante sur la scène familiale.

LES SOIRÉES PYJAMAS

Les soirées pyjamas inaugurent souvent chez les filles ce désir de voir leurs copines en dehors du temps scolaire, de se retrouver « entre pairs » et, qui plus est, le soir.

Dès la fin du primaire, mais beaucoup au début du collège, elles se retrouvent à quatre ou cinq chez l'une ou chez l'autre. Souvent surexcitées, elles se déguisent, dansent et chantent sur leurs musiques préférées, avant de « papoter jusqu'à pas d'heure » et de dormir toutes dans le même lit ou sur des matelas placés les uns à côté des autres. Comme l'enfance n'est pas loin et que sans doute la nostalgie flotte encore un peu dans l'air, certaines portent des Kigurumi, ces grandes « combinaisons animaux »… qui ressemblent à des grenouillères.

Ces moments sont importants, car dormir loin de chez soi ne va pas de soi. Cela signe leurs capacités à s'éloigner du nid familial sans peur. Cela leur prouve qu'elles sont moins dépendantes de leur famille et qu'elles peuvent trouver des réjouissances en dehors du cercle familial. Si c'est une évidence pour certaines, il faudra à d'autres plusieurs tentatives pour y arriver.

C'est ce que me raconte Adèle, 11 ans qui, si elle est très tentée de répondre oui à l'invitation de sa copine Iris à venir dormir chez elle avec trois autres amies, a néanmoins très peur : « Je n'ai jamais dormi ailleurs que chez moi, sauf chez mes grands-parents, avec ma cousine. Et déjà, les premiers jours, je ne suis pas très tranquille. Alors là, si j'ai peur, je vais ennuyer ses parents et surtout être un peu ridicule. »

Je rassure Adèle en lui disant qu'elle n'est pas la seule à avoir ces peurs-là. J'en ai vu plus d'une. Je lui parie qu'elle va parvenir à coup sûr à les surmonter. Je l'invite surtout à réfléchir sur les éventuels dangers qu'elle imagine, qui sont bien moins probables que tout le plaisir qu'elle aurait à être avec ses amies ! C'est assez triomphante qu'elle m'annoncera, lors de notre consultation suivante quelques semaines plus tard, que si elle n'est pas allée dormir chez Iris, elle est allée chez sa cousine qui avait invité deux amies. Un bon début !

Vers 11-12 ans, ces « soirées entre filles » battent leur plein. Elles sont bon enfant. Le côté parfois régressif observé – en se déguisant, en mangeant des céréales ou du Nutella à la petite cuillère et des bonbons devant la télévision – peut être aussi une façon « d'enterrer leur vie de bébé », comme on enterre sa vie de jeune fille !

L'OCCASION DE LES PRÉVENIR

Il y a généralement peu de dérapages, surtout des rires, de la bonne humeur et de jolis souvenirs. Mais quand il y en a, ils peuvent être source de grandes brouilles et de vrais chagrins.

C'est ce qui est arrivé à Lou, 12 ans : « L'an dernier, je suis allée à l'anniversaire de Léa, qui était ma meilleure amie. On était cinq, toutes déguisées en bébé, avec des pyjamas, des couettes, des biberons remplis de coca. On a pris des photos, c'était rigolo. Mais une semaine après, je me suis engueulée avec Léa et, pour se venger, elle a posté sur Insta une photo de moi en bébé, avec mon biberon dans la bouche. C'était complètement hors contexte. Je me suis sentie tellement humiliée, trahie, ridiculisée que je n'ai pas pu retourner en cours pendant une semaine. »

Rappelons-le une nouvelle fois : utilisés trop jeunes, les effets pervers des réseaux sociaux ne les épargnent pas ! Les parents peuvent donc profiter de ces « premières sorties » pour prévenir leurs filles, les protéger et leur apprendre à respecter les autres.

C'est le bon âge pour leur expliquer qu'elles ne doivent pas se laisser prendre en photo et filmer dans des situations ou des tenues qui, prises hors contexte, pourraient être gênantes. De même qu'elles n'ont pas à partager sur les réseaux sociaux des photos de qui que ce soit sans leur avoir demandé leur avis. Même si c'est soi-disant « pour rire ». On peut aussi leur apprendre que, dans le cadre du droit à l'image et de l'atteinte à la vie privée, cela peut être puni par la loi.

FAIRE LA FÊTE...

Avec l'âge, ces soirées peuvent vite prendre une autre tournure et l'idée de « transgresser » des interdits s'ajoute au désir de faire la fête. Faire la fête pour connaître encore plus de monde, les amis d'amis, se rapprocher, flirter, rire, danser, écouter de la musique. Faire la fête pour s'étourdir, oublier le stress du collège ou du lycée, l'avenir qui inquiète. Faire la fête pour s'éloigner des parents et grandir, mais aussi pour mettre de côté leurs soucis, leurs conflits parfois. Faire la fête pour être « entre soi », dans le tumulte d'une reconnaissance joyeuse : même ville, même quartier, même collège, même lycée. Le cercle s'élargit, mais doucement, peu à peu.

QUESTION DE PARENT

« Ma fille de 15 ans sort tous les week-ends »

« Salomé a commencé à avoir des "soirées" en fin d'année dernière. Depuis la rentrée, c'est tous les week-ends. Surtout, elle ne pense plus qu'à ça : qu'est-ce que je fais samedi soir ? Comment je vais m'habiller et me maquiller pour la prochaine soirée ? Ses résultats scolaires sont en baisse, et quand je lui ai dit que si cela continuait, elle ne sortirait plus le soir, elle s'est mise à hurler et à me dire que si je faisais ça, elle ferait le mur et travaillerait encore moins. Je ne sais pas comment me positionner... »

Salomé vous fait du chantage et vous menace, car elle sait que cela peut marcher ! Ce n'est pas parce que les ados aiment faire la fête et que cela leur fait du bien, qu'ils ne peuvent pas comprendre que cela ne doit pas être une obsession. Les laisser sortir le soir n'est possible que si, en contrepartie, ils respectent quelques règles ; celle notamment de continuer à travailler, car si le travail n'est pas toute leur vie, il en fait partie ! Alors n'ayez peur ni de lui poser des limites ni de ses protestations bruyantes, qui sont certes fatigantes, mais qui ne doivent pas vous faire baisser les bras.

Faire la fête devient donc assez vite « essentiel ». Nous avons vu, à l'occasion de la crise sanitaire, combien tous ces adolescents souffraient d'en être privés, et à quel point certains, toujours les plus fragiles, se sont enfermés dans un repli dépressif préoccupant.

Très vite, il n'est donc plus question de sortir seulement à l'occasion d'un anniversaire ! Les soirées du samedi soir – voire du vendredi soir aussi – vont peu à peu être revendiquées comme une sorte de droit, et les batailles vont être rudes en famille pour obtenir la précieuse autorisation. Certains parents s'épuisent de ce combat qui revient chaque semaine : « Je trouve qu'à 14 ans, Lorine n'a pas à sortir tous les samedis », me dit sa mère, très énervée. Lorine, pas contente non plus, lève les yeux au ciel et marmonne que toutes les mères de ses copines disent oui. « Qu'est-ce que tu feras quand tu auras 16 ans ? » Dialogue de sourds, mais vraie question…

... SANS GRILLER LES ÉTAPES

En effet, s'il leur faut montrer à leurs filles qu'ils ne les empêcheront jamais de grandir, les parents doivent aussi garder les pieds sur terre et refréner l'envie qu'ont certaines de griller les étapes. La mère de Lorine a raison de lui poser des limites, car, à 14 ans, les sorties du samedi soir ne doivent pas être « ritualisées » comme elles le seront souvent à l'entrée au lycée, vers 15-16 ans. Chaque chose en son temps.

Nous l'avons vu, les filles entre 12 et 15 ans sont particulièrement vulnérables, car beaucoup adoptent un comportement de grandes sans en avoir la maturité. Beaucoup dans l'excitation, et peu dans l'anticipation et la réflexion, leur désir de faire « comme si » les pousse à la transgression et les expose à des dangers.

Parents, ne soyez pas naïfs et ne perdez pas votre bon sens. Autorisez quelques sorties, car oui, elles ne sont plus des bébés, mais pas toutes les semaines et, bien sûr, à certaines conditions, comme celle d'avoir l'assurance qu'un adulte sera présent. Vous pouvez, vous devez même, vérifier qu'elles ne seront pas seules dans un logement déserté. Et cela malgré les protestations de votre fille, qui, comme Carmen, 13 ans, s'indigne auprès de moi : « Vous imaginez, ma mère, elle veut que je lui donne le nom des parents, leur numéro pour les appeler et que je rentre à minuit ! » Elle accompagne son indignation de soupirs, les deux mains sur la tête, pour que je mesure l'étendue du désastre…

LA PERMISSION DE MINUIT

L'heure du retour à la maison est sujette à d'âpres négociations ! Il y a beaucoup de « Carmen » pour qui « rentrer à minuit, c'est ridicule »… Pour Jeanne, à peine 14 ans : « Minuit, c'est comme si je ne sortais pas ! »

Pourtant, ces limites d'horaires sont utiles, car elles leur rappellent justement qu'elles n'ont pas 16 ou 17 ans et qu'il y a un temps pour tout. Un peu de frustration leur permet sans doute de penser que vous êtes des « vieux croûtons », que vous ne « comprenez rien », que vous avez « oublié ce que c'est d'être jeune », mais cela n'a aucune importance.

Parents, n'ayez pas peur de déplaire, voire d'être détestés un moment. Cela aide vos filles à grandir et les rassure dans leur for intérieur sur le fait que vous êtes toujours là pour les protéger. Certes, c'est fatigant, désagréable, et cela vous éloigne de l'image du parent « cool » et « copain » bien tentante, mais c'est votre sens des responsabilités et l'équilibre et la construction de votre enfant qui sont en jeu. Si vous êtes des parents séparés, n'oubliez pas d'accorder vos violons, malgré vos désaccords. Quand ce n'est pas le cas, vos filles en profitent pour faire ce qu'elles veulent et sont les premières à transgresser et à se mettre en danger.

C'est ce que raconte Ève, mère de trois enfants. « Depuis ma séparation, il y a quatre ans, nous sommes en garde alternée et, quand mes enfants rentrent à la maison le vendredi soir après une semaine passée chez leur père, je passe la soirée avec eux. Cela me semble important de prendre le temps de se retrouver, de passer un moment ensemble. Ils le savent, le respectent et y prennent plaisir. Souvent, les deux aînés qui ont 17 et 19 ans sortent après le dîner, et Clara, 14 ans, est de plus en plus souvent demandeuse de faire comme eux. Mais je n'ai pas envie de céder : à son âge, sortir une fois par semaine, le samedi soir, jusqu'à minuit et demi, me paraît déjà pas mal. Seulement, voilà : d'après ce que les enfants me disent, leur père sort tous les soirs du week-end, même quand les enfants sont chez lui ; cela l'arrange donc que les enfants sortent aussi. Nos relations sont difficiles et je ne me vois pas lui imposer mes règles au risque d'empirer encore les choses. Mais je n'ai pas non plus envie de passer pour la rabat-joie auprès de Clara. Je suis un peu perdue… »

On comprend, bien sûr, le désarroi d'Ève. Pas facile, quand on est séparé, de tenir le rôle du parent « le plus strict ». Mais elle doit assumer d'avoir le mauvais rôle et d'être moins aimée un moment. C'est très ingrat, mais c'est comme ça ! Qu'elle se rassure, car même si elle râle, sa fille sait très bien, au fond d'elle-même, qu'elle assume ainsi son rôle de mère. Sans doute mieux que son père qui semble plutôt être dans la désinvolture et la séduction. Certes, Ève ne peut guère imposer à son ex-conjoint ses règles, mais elle peut quand même lui rappeler son sens des responsabilités et lui dire qu'elle s'inquiète pour leur fille. Et vis-à-vis de Clara, elle doit tenir bon, comprendre qu'évidemment, c'est compliqué pour elle que ses parents ne partagent pas les mêmes points de vue, mais lui rappeler tranquillement que la semaine qu'elle passe avec elle, c'est elle qui fixe les règles.

L'ALCOOL, LE TROUBLE-FÊTE

Boire de l'alcool est sans doute la première transgression. La présence des garçons qui, jusque-là, n'étaient jamais conviés, y est sans doute pour quelque chose. Envie de les épater ? De faire comme eux ? De leur prouver qu'elles ne sont plus des petites filles ? De vaincre une certaine timidité ? Sûrement un petit mélange de tout cela.

Force est de constater que depuis déjà plusieurs années, les états d'ivresse et même parfois des comas éthyliques chez des très jeunes filles de 13-14 ans sont en augmentation.

J'ai le souvenir, il y a déjà une dizaine d'années, d'avoir été réveillée à 1 heure du matin par un agent de la RATP qui était perplexe devant une adolescente ivre et quasi inconsciente. Incapable de donner son nom de famille et son adresse, elle avait sur elle ma carte professionnelle avec le jour de son prochain rendez-vous. D'où le coup de téléphone pour aider à l'identifier et appeler ses parents. Elle avait 14 ans… Et ce n'est malheureusement pas un cas isolé.

Les parents de Mélodie, 13 ans, s'inquiètent aussi, car ils ont été avertis par la mère de l'amie chez qui elle avait passé la soirée, avec une dizaine de jeunes du même âge, qu'elle avait apporté une bouteille de vodka et que plusieurs d'entre eux avaient été malades. Mélodie, dernière d'une fratrie de trois enfants, n'aime pas son statut de « petite » de la famille. Un frère de 20 ans et une sœur de 18 ans lui donnent envie de « faire comme eux ». Ses parents doivent inlassablement lui rappeler qu'à son âge, ils ne sortaient pas, ne buvaient pas et avaient des limites comme elle-même en a, et certainement davantage ! Nous réfléchirons tous ensemble à ce qui pourrait, dans leur manière d'être avec elle, lui laisser penser qu'ils la considèrent comme leur éternel bébé, ce qui lui donnerait envie, de la pire manière, de leur prouver le contraire.

L'alcool est un vrai danger pour les adolescentes. Un vrai fléau. La consommation massive d'alcool, pour se mettre volontairement dans un sale état, porte un nom en Angleterre : c'est le *binge drinking*, une hyper-alcoolisation rapide où des boissons alcoolisées sont consommées de manière excessive sur une courte période, par épisodes ponctuels ou répétés, une habitude que les jeunes Anglais pratiquent à l'envi dans les pubs le week-end. Le but, c'est clairement la « défonce » : oublier tout, et même qui l'on est, pour « profiter » jusqu'au bout de la nuit. La conséquence est, évidemment, une perte de contrôle et de conscience qui leur fait faire n'importe quoi. Les filles sont particulièrement vulnérables, car elles sont physiologiquement moins résistantes à l'alcool que les garçons, boivent mais mangent peu, aussi leur alcoolémie grimpe à toute allure. Elles perdent vite le contrôle et se retrouvent à la merci du premier venu, peu lucide lui aussi, une situation qui peut malheureusement déraper…

QUESTION DE PARENT

« En rentrant de soirée, ma fille sent l'alcool »

« Depuis sa rentrée en seconde, ma fille sort tous les week-ends et va à des soirées, comme elle dit. D'après ce que j'ai compris, ils sont souvent une vingtaine, et les parents ne sont pas là. Cela fait deux fois que, quand je viens la chercher à 1 heure, elle sent l'alcool. Elle me dit qu'ils ne boivent que de la bière mais même ça, à 15 ans, sans la présence des parents, ça ne me plaît pas. Je n'ai pas envie de lui interdire les sorties, mais je m'inquiète. Comment faire ? »

Connaissez-vous un peu les amis de votre fille ? Savez-vous où elle va quand elle sort ? À 15 ans, votre fille a envie de faire la fête et c'est bien normal, mais elle n'a pas carte blanche pour autant. Il est normal qu'elle vous donne des informations sur ce qu'elle fait.

Vous pouvez déjà lui dire que vous regrettez qu'aucun adulte ne soit présent en cas de besoin. Si elle sent l'alcool, faites-le lui remarquer, faites-lui part de votre inquiétude et ouvrez la discussion sur les dangers de boire trop et de perdre le contrôle. Enfin, sans lui interdire de sortir, vous pouvez lui poser des limites et ne pas ritualiser trop tôt ces sorties du week-end.

L'ALCOOL, TROP SOUVENT À L'ORIGINE DE RELATIONS SEXUELLES NON CONSENTIES

C'est ce qu'évoque Sarah, aujourd'hui 19 ans, qui souffre de troubles anxieux qui se manifestent par des crises d'angoisse et se plaint auprès de moi de ses difficultés récurrentes avec les garçons avec qui elle sort. « Au début, ça va, mais après je suis pénible, jamais contente, ils se lassent », explique-t-elle. Après plusieurs rendez-vous, elle pourra me faire le récit d'une soirée traumatisante, il y a deux ans de cela : « J'étais à une soirée chez Léa, une amie du lycée. C'était un week-end qu'elle passait chez son père, mais il n'était pas là, et il lui avait laissé l'appartement. Au départ, on devait être une vingtaine du lycée, mais d'autres se sont incrustés et on était au moins trente. Ils fumaient et buvaient beaucoup. J'ai commencé aussi à pas mal boire, comme à chaque fois que je sors, car ça me détend, je me sens plus à l'aise. D'habitude, je m'arrête avant d'être complètement défoncée – je suis toujours capable de rentrer chez moi. Mais là, je ne sais pas pourquoi, j'ai continué, continué. Je ne sais plus très bien comment on en est arrivés là, mais je me suis retrouvée dans une chambre avec Tom, un copain de ma classe que j'aime bien, mais qui est juste un pote. Il avait beaucoup bu aussi. On a couché ensemble. C'était ma première fois, mais il ne le savait pas, on n'était clairs ni l'un ni l'autre. Il a été assez violent, ça m'a fait mal. Après, je ne sais plus très bien, mais lui, il est rentré chez lui, moi j'étais K.-O., je suis restée chez Léa. Je n'en ai parlé à personne et surtout pas à mes parents. J'ai revu Tom le lundi au lycée, on n'en a pas parlé. Je suis passée à autre chose, mais depuis quelque temps, depuis mes crises d'angoisse, depuis que je parle avec vous, je me dis que peut-être cette soirée m'a marquée. »

Sarah a évidemment raison, et cette première expérience, sans vrai consentement, sans lucidité et sans égard, lui a donné une vision glauque des relations sexuelles. Elle n'en a pas parlé parce qu'elle s'est d'abord sentie coupable d'avoir trop bu, mais aussi parce que Tom étant un copain et l'ayant suivi, elle n'a pas pris la mesure de la violence de leurs rapports. Ses difficultés d'aujourd'hui sont en lien avec cet épisode traumatique : avec ses petits amis, Sarah redoute d'aller plus loin après la rencontre et s'arrange inconsciemment pour être quittée avant de s'engager davantage.

L'alcool est trop souvent, chez les jeunes filles, à l'origine de relations non consenties ou consenties de façon si floues qu'il n'y a pas à proprement parler de consentement. C'est regrettable pour toutes celles à qui cela est arrivé, et cela peut avoir pour certaines, comme chez Sarah, des conséquences importantes sur leurs relations amoureuses et sur leur sexualité.

L'ALCOOL, POUR LEVER LEURS INHIBITIONS...

Les filles un peu réservées ou timides cherchent, en buvant, à lever leurs inhibitions : « Quand je ne bois pas, je ne parle pas beaucoup, je ne suis pas à l'aise comme les autres. Avec deux ou trois verres, ça va beaucoup mieux, je m'amuse. » Estelle, 17 ans, boit systématiquement quand elle sort, depuis environ un an. Son raisonnement – « avec deux ou trois verres je m'amuse, sinon je ne m'amuse pas » – est préoccupant, car c'est une logique qui peut conduire à l'addiction, c'est-à-dire qu'un comportement habituellement agréable va devenir excessif, va conduire à une perte de contrôle et surtout va devenir un besoin ! Car Estelle répète le même comportement à chaque sortie, en pensant, comme ceux qui comme elle risquent de tomber dans la dépendance : « Pour me sentir bien, pour faire la fête, pour oublier mon stress, je dois boire ou prendre une drogue. » Son plaisir se transforme en besoin, le danger est bien là.

Il ne faut donc pas banaliser ces comportements, que les parents ignorent souvent et qui nous sont révélés un peu par hasard, car l'adolescente elle-même ne prend pas la mesure des risques encourus. On peut, par exemple, à l'occasion d'une sortie ou lors d'un dîner en famille où l'on sort une bouteille de vin, parler de la consommation d'alcool le plus naturellement possible : « Et en soirée, comment toi et tes copains consommez-vous de l'alcool ? Et s'il n'y en a pas, c'est forcément sinistre ? »

C'est l'occasion de leur expliquer quels sont les risques de boire de façon excessive et les dangers d'être soumis à un besoin. Leur parler de perte de liberté, à ces adolescentes qui en sont réellement éprises, peut être une bonne façon de les faire réfléchir.

Parents, si votre fille rentre de soirée en état d'ivresse, et même s'il lui reste un peu de lucidité, ne faites pas semblant de ne pas le remarquer. Dites-lui que vous vous inquiétez, car en buvant trop, elle se met réellement en danger. Évoquez avec elle les raisons qu'elle pourrait avoir pour boire ainsi sans modération : timidité, désir de passer pour une fille délurée, peur d'être ennuyeuse ? Rassurez-la, ne la sanctionnez pas d'office, mais dites-lui qu'à l'avenir, vous redoublerez d'attention à ses retours de soirée.

Les risques liés à la consommation d'alcool sont d'autant plus banalisés qu'en France, pays de la gastronomie, des vignobles et de l'art de vivre, boire un bon vin est valorisé, et une fête sans alcool n'est pas vraiment une fête. Celui qui ne boit pas est vite catalogué comme un « rabat-joie » !

N'hésitez pas à parler avec vos enfants de cet état d'esprit bien « de chez nous », mais rappelez-leur inlassablement les risques qu'ils encourent en buvant plus que de raison : les accidents durant ou en rentrant de soirée, la violence verbale et physique, les relations non consenties. Rappelez-leur aussi qu'en buvant avec excès, ils malmènent leur corps : le taux d'alcool très élevé d'un coup doit être éliminé. Cela fatigue leur foie, leurs reins et eux tout simplement, qui mettent souvent plus de vingt-quatre heures à retrouver réellement leurs esprits.

Mais les discours ne suffisent pas, montrez-leur aussi l'exemple en leur montrant que l'on peut savourer un bon vin sans pour autant être dans l'excès, qu'il faut être attentif aux signes de son corps (tête qui tourne, mal de cœur…). Le slogan « un verre, ça va. Deux verres, bonjour les dégâts » est peut-être un peu ringard, mais il serait pourtant très utile de le leur rappeler régulièrement.

… PARFOIS JUSQU'À LA PERTE DE CONTRÔLE

Si vous n'avez pas eu l'occasion de le faire avant le premier excès, il n'est jamais trop tard. C'est ce qu'a appris, à ses dépens, la mère de Clémence, à peine 15 ans. « L'été dernier, ma fille est partie à une soirée chez des copains. Je ne les connaissais pas, c'était une petite bande qu'elle avait retrouvée sur la plage et dont certains étaient dans son collège. C'était les vacances, les parents étaient sortis aussi, je n'ai pas pensé à lui faire des recommandations avant. Nous avions convenu que je viendrais la chercher à minuit. Mais quand elle est montée dans la voiture, j'ai tout de suite senti qu'elle n'était pas dans son état normal : elle était livide, avait les yeux brillants. Je l'ai interrogée et elle m'a répondu qu'elle avait bu deux bières. J'étais un peu désarçonnée, c'était la première fois que je la voyais comme ça. J'ai démarré pour rentrer à la maison, mais j'ai dû m'arrêter deux fois sur la route pour qu'elle vomisse. Quand nous sommes arrivées, j'étais paniquée, j'ai hésité à partir aux urgences, mais mon fils aîné m'en a dissuadée. En restant la plus calme possible, j'ai donné une douche à Clémence, lui ai donné à boire de l'eau et l'ai surveillée toute la nuit. Je l'ai laissée dormir le matin, et l'après-midi, quand elle s'est sentie mieux, nous avons pu en parler. Elle m'a dit qu'elle n'avait rien mangé, qu'en plus des bières, elle avait bu aussi de la vodka "pour se sentir dans un bon *mood*" et que tout à coup, elle s'était sentie "partir". Elle m'a avoué qu'elle avait vomi sur place et qu'une de ses amies s'était occupée d'elle. Heureusement, je suis venue la chercher peu de temps après. Je ne sais pas ce qui se serait passé si j'étais arrivée deux heures plus tard. En tout cas, cela a été l'occasion d'amorcer le dialogue sur la question de l'alcool, de ses dérives. Clémence m'a dit qu'elle regrettait de s'être gâché la soirée en se rendant malade, d'avoir vomi devant ses amis. J'espère que cela lui servira de leçon. »

Clémence a eu de la chance, car cette expérience n'a pas eu de conséquences dramatiques et surtout parce que sa mère, présente, a su réagir vite et bien : sans dramatiser, sans banaliser et même en la soutenant. Elle a eu raison de ne pas s'énerver et d'attendre que Clémence soit remise pour parler sérieusement avec elle des conséquences d'une perte de contrôle. Clémence a compris aussi qu'elle avait donné d'elle à ses amies une image pas très valorisante, ce qui l'a un peu humiliée, qu'elle a bien formulé et qui peut lui faire passer l'envie de recommencer…

Quelques chiffres sur la consommation de boissons alcoolisées

En France, l'alcool est de loin le produit psychoactif le plus consommé par les jeunes : 86 % des jeunes de 17 ans et 91 % des 18-25 ans en ont déjà bu au cours de leur vie. C'est aussi celui qui est expérimenté le plus jeune : la moitié des jeuiines de 13 ans y ont déjà goûté, ce qui est davantage que dans les autres pays européens. Ces premières consommations d'alcool ont lieu le plus souvent dans un cadre familial. Mais dès le lycée, les jeunes se mettent surtout à boire entre amis, sans que des adultes soient forcément présents.

À l'heure actuelle, les adolescents expérimentent l'alcool et l'ivresse plus tardivement que leurs aînés. Au cours des deux dernières décennies, leurs consommations d'alcool sont devenues un peu moins fréquentes, mais ponctuellement importantes, rapides et centrées sur la recherche de l'ivresse : on parle d'alcoolisation ponctuelle importante lorsque la quantité dépasse cinq verres ou de *binge drinking* lorsque l'alcoolémie dépasse 0,8 g/l en moins de deux heures.

(Source : Enquête Escapad OFDT 2017)

LA CIGARETTE : EN PARLER SANS DRAMATISER

Comme chez les adultes, le tabac est l'un des seuls produits qui soient autant consommé par les filles que par les garçons. Cela s'explique par les stratégies marketing adoptées par l'industrie du tabac dans la seconde moitié du xxe siècle, ciblant le public féminin avec des emballages et des produits spécifiques (« light », « menthol »).

Fumer des cigarettes fait aussi partie des transgressions qui signent l'entrée dans l'adolescence. Sorte de rite initiatique qui se fait bien sûr en cachette des parents, sur le trottoir, à la sortie du collège ou du lycée, avec des cigarettes souvent « piquées » dans le paquet des adultes ou « taxées » dans la rue, et se poursuit en soirée, pour accompagner un verre d'alcool…

Quelques chiffres sur la consommation de tabac

Le tabac est la seule drogue à être fumée quotidiennement par un grand nombre de jeunes : alors que 6 jeunes de 17 ans sur 10 l'ont déjà expérimenté, un quart d'entre eux disent en fumer tous les jours. Les premières expérimentations du tabac ont lieu tout au long des années de collège et de lycée : 14 % des jeunes ont déjà fumé une cigarette à l'âge de 13 ans et 33 % l'ont déjà fait à l'âge de 15 ans.

Le nombre d'adolescents ou de jeunes adultes qui fument des cigarettes a fortement diminué ces dernières années.

Par exemple, le pourcentage de jeunes de 17 ans fumant tous les jours a baissé de 7,4 points entre 2014 et 2017. Parallèlement à cette baisse, de nouveaux produits contenant de la nicotine sont diffusés depuis quelques années, à commencer par la cigarette électronique (e-cigarette) : plus de la moitié des jeunes de 17 ans l'ont déjà essayée, bien que seuls 2 % l'utilisent tous les jours.

(Source : enquête Escapad OFDT 2017)

Les adolescentes sont cependant assez ambivalentes sur l'idée de fumer des cigarettes, car cela va à l'encontre de leur souci pour la planète, leurs combats pour une écologie responsable. Quand elles étaient encore enfants, elles se sont souvent opposées à leurs parents, mais peut-être surtout à leurs grands-parents, fumeurs désinvoltes qu'elles ont vus parfois malades de leur addiction au tabac. Les campagnes antitabac et l'augmentation du prix des paquets en ont détournées pas mal. Certaines adoptent un moment le tabac à rouler, moins cher, tandis que d'autres se tournent vers la cigarette électronique, qui a le vent en poupe à la sortie des lycées et parfois des collèges. Elles ont le sentiment de perdre moins d'argent, puisque son usage n'est pas unique, et d'être à l'abri des cancers qui ont pu toucher des proches. Elles ont aussi l'impression de mieux maîtriser ce qu'elles consomment, puisqu'elles choisissent le parfum qu'elles mettent dedans : pomme, cannelle, cassis, le choix est vaste. Si l'on n'en connaît pas encore très bien les dangers et qu'il faut donc rester vigilant, l'usage de la cigarette électronique les met, à coup sûr, du côté des ados !

Bien sûr, les parents n'aiment pas du tout apprendre, en retournant la poche d'un blouson ou en passant dans leur chambre, que leurs filles fument. Ils s'inquiètent aussitôt pour leur santé, mais surtout, constatent à cette occasion que leur fille est une ado et qu'elle en adopte les codes derrière leur dos. Ils redoutent aussi, et d'ailleurs, heureusement, le plus souvent à tort, que ce soit la porte ouverte à d'autres addictions.

QUESTION DE PARENT

« Je crois que ma fille fume »

« Le week-end, ma fille Mila, 13 ans, va souvent dormir chez des amies et je trouve ça plutôt sympathique. Mais voilà plusieurs fois que je remarque qu'en rentrant, elle sent la cigarette. Quand je le lui fais remarquer, elle me dit que c'est la grande sœur de sa copine qui fume. Sauf que dans son jean, j'ai trouvé un briquet. Cela me rend triste, car elle est jeune et j'ai peur pour sa santé. Comment lui en parler en espérant être entendue ? »

Ne faites pas semblant de ne pas voir, mais ne vous énervez pas et ne lui dites pas « c'est fou ce que tu me déçois », car la culpabilisation n'est pas très efficace et provoque davantage le rejet que la réflexion. Dites-lui simplement que vous savez qu'elle fume, que vous ne pouvez pas l'en empêcher quand elle n'est pas avec vous, mais que vous ne voulez pas qu'elle fume chez vous. Rappelez-lui les dangers du tabac, bien sûr, mais aussi le prix des cigarettes qui va grever son budget. N'a-t-elle pas d'autres envies ? Enfin, rassurez-la sur le fait que vous n'êtes pas nostalgique du temps où elle était bébé et que vous êtes au contraire très heureuse qu'elle grandisse.

Sans en faire un drame, c'est bien d'en parler et de poser des limites : « J'ai trouvé un paquet de cigarettes dans ta poche. Tu sais que je ne suis pas d'accord, car tu le sais aussi bien que moi, c'est très mauvais pour la santé. Je ne peux pas t'en empêcher quand tu n'es pas avec moi, mais à la maison et même sur le balcon, c'est interdit ! »

Il semble inutile de trop dramatiser la cigarette, car l'expérience prouve que, au bout du compte, un très grand nombre d'adolescentes vont arrêter d'elles-mêmes, justement quand le plaisir de la transgression ou le « besoin d'avoir l'air grande » ne sera plus au rendez-vous.

À l'adolescence, il est sage de choisir ses combats. Or la cigarette est certes incontestablement mauvaise pour leur santé, mais contrairement à l'alcool, elle n'a d'influence ni sur leurs émotions ni sur leur comportement, elle n'altère pas leur lucidité : elle les expose donc moins aux dangers. Et à l'inverse du cannabis, elle ne les fait pas entrer dans un circuit d'illégalité, avec petit trafic à la clé et receleur à la sortie du lycée ! La différence n'est pas mince et l'état psychique de l'adolescente n'est pas le même.

CANNABIS : LES FILLES MOINS CONSOMMATRICES QUE LES GARÇONS

Pour ce qui est du cannabis, les filles fument moins que les garçons et moins jeunes. Nous ne regretterons pas la parité ! Car pour des adolescents dont les circuits neuronaux ne sont pas arrivés à maturité, le cannabis est une catastrophe. Leur système de motivation est altéré, ils ont du mal à se concentrer et leurs résultats scolaires sont le plus souvent en chute libre. Les consommateurs réguliers risquent en plus de voir apparaître des troubles du comportement ou de la personnalité qui, sans cela, auraient pu ne pas s'exprimer.

Quelques chiffres sur la consommation de cannabis

Généralement consommé sous forme d'herbe (la « weed ») ou de résine (le « shit »), le cannabis est la substance psychoactive illicite la plus consommée par les jeunes en France : à 17 ans, 4 jeunes sur 10 y ont déjà goûté et 3 % en fument tous les jours. Il est généralement expérimenté plus tard que l'alcool et le tabac : presque inexistant à l'âge de 13 ans, les jeunes de 15 ans sont 16,5 % à en avoir déjà consommé, soit un peu plus que la moyenne européenne.

(Source : enquête Escapad OFDT 2017)

Élisa, 13 ans, a été dénoncée par une amie du collège pour s'être vantée d'avoir acheté du cannabis à un garçon rencontré sur Instagram. L'amie en a parlé à ses parents, qui en ont eux-mêmes parlé aux parents d'élisa. Ils sont tous les trois face à moi, les parents effondrés d'une situation qu'ils étaient loin d'imaginer, élisa d'humeur sombre et ayant du mal à expliquer le sens de cette transgression. Il faudra plusieurs semaines de rendez-vous réguliers pour mettre en évidence, chez cette adolescente particulièrement brillante et faisant plus âgée que son âge, un vrai mal-être, en réalité un état dépressif, avec des questionnements complexes et angoissés sur la sortie de l'enfance, l'avenir, la sexualité. élisa avait déjà, quelques mois auparavant, été accusée d'avoir amené de l'alcool à une soirée entre copines et réprimandée par ses parents. Mais sans doute avait-elle besoin, par cette transgression plus forte, plus alarmante, d'alerter ses proches sur sa grande détresse.

Parents, si comme les parents d'Elisa, vous vous êtes rendu compte – parce qu'on vous l'a dit ou que vous en avez trouvé dans sa chambre – que votre jeune adolescente avait consommé du cannabis, commencez par en parler avec elle, et sans tarder. Si cela ne suffit pas, que son comportement change, qu'elle se renferme, que les relations familiales sont de plus en plus orageuses, que ses résultats scolaires dégringolent, parlez-en avec votre médecin traitant. Il vous orientera vers un spécialiste, qui évaluera la situation et les éventuels facteurs de gravité – comme des difficultés familiales, un harcèlement, une histoire personnelle douloureuse – pour orienter au mieux sa prise en charge.

LES MENSONGES : DES TENTATIVES D'AUTONOMIE ?

Avec le désir de sortir pour aller faire la fête – surtout chez les plus jeunes de 13-14 ans qui sont limitées par leurs parents – sonne aussi le temps des mensonges ! Cela complique beaucoup les relations des ados avec leurs parents, car plus elles mentent, plus leurs parents s'inquiètent et plus ils les surveillent ! Un cercle vicieux, car leurs filles rentrent alors dans la logique de « ils me prennent pour un bébé » et luttent contre ce constat qui les exaspère, en mentant davantage…

Le « je dors chez Rébecca » – sa meilleure amie que les parents connaissent très bien, alors qu'en réalité elle va chez Coline, dont les parents sont partis en week-end – est un grand classique. Cela marche de temps en temps, mais parfois, les parents de Rébecca reçoivent un appel de vérification et ils tombent des nues. Grande explication et beaucoup d'énervements en perspective.

Bien sûr, il est normal et même très sain pour des adolescentes, de ne pas tout raconter à leurs parents et même parfois de mentir par omission. C'est le signe qu'elles grandissent et désirent devenir plus autonomes. Les parents doivent le comprendre et accepter de ne pas tout savoir. Le téléphone portable ne leur a pas facilité la tâche. Il a développé une anxiété de séparation chez beaucoup de parents, qui ne peuvent pas s'empêcher de vérifier de façon excessive tous les faits et gestes de leurs filles. Alors bien sûr, celles-ci n'ont pas d'autre choix que de répondre n'importe quoi aux « Tu es où ? Tu fais quoi ? » qui les accompagnent quand elles s'éloignent. Ou de ne pas répondre du tout, ce qui énerve encore davantage leurs parents. Comme on ne peut pas faire un drame de tout, et si la situation n'est pas trop alarmante, on peut, de temps en temps, faire semblant de croire le « j'ai plus de batterie » avancé pour justifier le silence.

Mais il est quand même normal que les parents s'inquiètent de savoir où sont vraiment leurs filles quand elles sortent le soir. Il en va même de leur responsabilité. Il y a donc un juste milieu à trouver, qui passe par le dialogue : « Je sais que tu as besoin d'une certaine liberté, mais moi, j'ai aussi une responsabilité en tant que parent. Donc nous devons nous faire confiance : je te crois, et je ne te suis pas à la trace, mais toi, tu es loyale et tu ne me mens pas. »

Une fois les règles du jeu clairement énoncées, elles doivent être respectées de part et d'autre : pas de messages intempestifs, mais aucune place pour le mensonge. Si malgré tout, la jeune adolescente transgresse et recommence à mentir, il doit y avoir sanction. Car la sanction confirme la crédi-bilité du parent, qui, sinon, parle pour ne rien dire ! Or l'adolescent, comme l'enfant de trois ans, teste les limites, et s'il ne les trouve pas, il va de plus en plus loin.

La sanction doit être donnée à tête reposée, pas dans la crise, mais elle doit être proche de la transgression. Mieux vaut dire à une adolescente : « Tu m'as menti, tu n'es pas restée à l'étude puisque l'on t'a vue dans la rue avec des copines. Aussi, je te prends ton téléphone pendant une semaine. » Il faut s'y tenir, plutôt que de menacer de lui prendre son téléphone pendant un mois et céder au bout d'une semaine.

On peut aussi leur faire écrire une page ou deux sur « pourquoi on me reproche ceci ou cela ». C'est une contrainte qui les oblige à réfléchir, car la sanction doit être aussi l'occasion d'une discussion sur les devoirs et les obligations de chacun. L'adolescente doit comprendre que la balle est dans son camp, et que sa liberté, justement revendiquée, passe par sa loyauté.

Parents, si votre fille vous ment trop souvent, demandez-vous cependant si vous n'êtes pas dans une angoisse sécuritaire trop forte. Peut-être vous inquiétez-vous de tout, et votre fille essaie-t-elle tant bien que mal de se débarrasser de votre anxiété ? Pour les parents anxieux, qui ont du mal à lâcher leurs enfants, le téléphone est un piège, car en renforçant les possibilités de contrôle, il augmente l'anxiété : pas de réponse à un message et c'est la fin du monde. Mais ce système, en entravant le processus de séparation nécessaire, crée aussi beaucoup d'angoisses chez l'adolescente et est parfois à l'origine d'une escalade dans les transgressions.

QUESTION DE PARENT

« Ma fille veut faire une fête chez nous en notre absence »

« Nous partons souvent le week-end dans notre maison de campagne. Jusque-là, Zélie, notre fille de 14 ans, venait avec nous. Mais depuis quelques mois, elle rechigne à nous suivre. Elle dit qu'elle s'ennuie là-bas, qu'elle veut rester voir ses copains. Comme elle est raisonnable, et parce qu'elle a beaucoup insisté, nous avons accepté de la laisser seule le week-end de son anniversaire pour qu'elle le fête avec quelques amis. Mais plus la date approche, plus je m'inquiète : maintenant que nous avons accepté, nous ne pouvons pas revenir en arrière. Mais comment la responsabiliser pour éviter les dérapages ? »

À 14 ans, il n'est pas raisonnable de laisser une adolescente recevoir des amis chez elle, sans adulte dans les parages. Sans doute votre fille est-elle très responsable, mais elle n'est pas seule, et certains le sont beaucoup moins et cherchent ce type d'occasion pour braver les interdits, comme boire ou fumer. Elle risque de se retrouver face à une situation qui la dépasse : voir débarquer des gens qu'elle ne connaît que de loin, se retrouver face à une amie malade d'avoir trop bu... Vous devriez reparler avec elle et lui expliquer que, bien évidemment, vous lui faites confiance, mais que vous êtes aussi responsables, le temps de cette soirée, de ses invités. Que donc vous n'apparaîtrez pas, mais que vous serez dans la maison, prêts à la soutenir s'il y a des dérapages.

LES WEEK-ENDS ET LES VACANCES ENTRE AMIS

Les laisser partir en vacances en bande inquiète souvent les parents, qui pensent qu'en échappant ainsi à leur surveillance, leurs filles seront plus exposées. Dans ce genre de décision, une fois de plus, il convient d'être nuancé.

Avant 15-16 ans, elles ont besoin de garder des adultes auprès d'elles, capables de leur fixer un cadre et de poser certaines règles, même si pendant les vacances, les parents ont tendance à les assouplir. Ils peuvent leur accorder une presque totale liberté, mais en ayant défini avec eux une règle du jeu qui devra être respectée pendant le séjour : par exemple, si une sortie est prévue, respect de l'heure du retour fixée par l'adulte. Pas d'alcool ni de cigarettes. Les adolescentes sont en général très heureuses de cette formule, qui leur donne l'impression d'avoir franchi une étape, tout en sachant cependant qu'elles ne sont pas isolées en cas de besoin.

Pour les plus grandes de 16-17 ans, leur besoin d'indépendance est d'autant plus légitime et il serait dommage que leurs parents s'y opposent, sous prétexte qu'ils les soupçonnent – à tort la plupart du temps – d'être incapables de se débrouiller toutes seules. Elles en font en général beaucoup plus à l'extérieur que chez elles, où elles se disent qu'il y aura toujours quelqu'un pour le faire à leur place. Mais rien ne vous empêche, et même au contraire, de leur demander des garanties de sécurité ou des informations assez précises sur la façon dont les choses vont se dérouler. Où vont-elles ? Avec qui ? Combien de temps ? Quel est leur projet ? Voilà des questions tout à fait légitimes. Les parents peuvent aussi demander un message d'arrivée et un autre en cours de séjour pour donner des nouvelles, sans pour autant devenir intrusifs. Pour le reste, ils doivent accepter de faire confiance et se réjouir de ce désir d'indépendance qui est, à leur âge, davantage le signe d'une bonne santé psychique que d'un désamour !

Il est certain que, pour ces adolescentes, partir pour la première fois sans adultes représente une véritable victoire ainsi qu'un immense bonheur. On a l'impression, à les entendre enthousiasmées au retour d'une semaine passée dans la maison de campagne d'une copine, qu'elles ont vécu des choses extraordinaires, même si le plus souvent elles n'ont rien fait d'extravagant. Si leurs parents leur avaient proposé un projet identique, elles auraient trouvé cela pathétique !

Cette nouvelle indépendance accordée par les parents est infiniment précieuse pour ces adolescentes : elle est la preuve qu'aux yeux de tous, elles ont grandi. Pour elles, cette reconnaissance est immense, elles en ont besoin, elle les responsabilise et elle leur en apprend beaucoup sur elles et sur les autres. Parfois, elles ont pu sous-estimer la difficulté de vivre à plusieurs et la nécessité de s'accorder avec le désir des autres. Cela les ouvre à la tolérance et elles mesurent soudain l'importance de ce qu'elles ont reçu de leurs parents, qu'elles retrouveront souvent avec plaisir.

En résumé

- À l'adolescence, le désir de sortir le soir est souvent très fort ; il correspond à un besoin de vivre sa propre vie, en dehors des parents et de la famille.

- Les premières consommations d'alcool ou de tabac sont souvent un moyen, pour elles, de transgresser, et un besoin d'affirmer : « Je ne suis plus un bébé. »

- L'alcool représente un vrai danger pour les adolescentes, en particulier pour celles qui pratiquent le *binge drinking*, cette hyper-alcoolisation rapide venue d'Angleterre.

- Mentir tout court ou par omission est normal chez les adolescents et marque une tentative d'autonomisation.

Mes conseils

✔ S'il est légitime que vous soyez inquiets, réjouissez-vous aussi de leur envie de sortir faire la fête. C'est normal et bon signe !

✔ Accompagnez ce désir d'autonomie en donnant aux plus jeunes des limites claires ; veillez à ce qu'elles soient respectées.

✔ À 13-14 ans, il est nécessaire d'avoir des informations sur chez qui elles vont et avec qui.

✔ Jusqu'à l'âge de 16 ans environ, ne laissez pas des ados faire la fête sans un adulte dans les parages.

✔ Parlez-leur des dangers de l'alcool, notamment sur le risque de relations non consenties. Et donnez-leur l'exemple vous-même d'une consommation modérée.

✔ Acceptez qu'ils aient envie de s'éloigner de vous, même pendant des vacances : ce n'est pas un signe de désamour !

6

Les adolescentes et leurs combats

« Moi, un monde dans lequel on se fiche de la planète et où les femmes gagnent moins que les hommes, je n'en veux pas. On va essayer de faire mieux que vous, et je suis sûre qu'on va y arriver ! »
Maëlle, 16 ans

Être libre, aller au bout de ses rêves, vivre le plus intensément possible, avoir ses propres convictions et les suivre… L'adolescence est, par excellence, l'âge des grands idéaux. On n'est plus un enfant, on se sent capable de tout, on a la vie devant soi, et généralement l'envie de tout, sauf de suivre le même chemin que ses parents.

C'est aussi l'âge où la rêverie se mêle à la réflexion, où l'on se sent tiraillé entre des aspirations existentielles contraires, dans une recherche pas toujours confortable mais nécessaire d'identité. C'est l'âge des paradoxes, où l'on n'est pas à une contradiction près, car l'émotion est souvent plus forte que la réflexion, mais cela n'a pas d'importance car la sincérité est là ! Si cela n'est pas nouveau, les « valeurs défendues » et les « combats menés » par les adolescents évoluent. Et chez les filles, ils sont, depuis quelques années, très axés autour du féminisme, de la parité et d'une prise de conscience des dangers qui entourent toutes les questions d'environnement. Et cela avec d'autant plus de fougue qu'elles estiment, non à tort, que les générations précédentes, celles de leurs grands-parents et de leurs parents, ont été bien désinvoltes.

UN NOUVEAU FÉMINISME

« Pour moi, le féminisme, c'est juste normal, c'est l'égalité, quoi ! » résume, avec un sourire désarmant, Madeleine, 15 ans.

Comme elle, 61 % des jeunes Françaises de 15 à 20 ans se disent féministes*. Bien sûr, ce féminisme est bien différent de celui de leurs aînées. Elles n'adhèrent pas aux associations qui défendent les droits des femmes. Elles n'ont pas lu Simone de Beauvoir, ne savent pas qui est Gisèle Halimi, connaissent Simone Veil, mais peut-être plus comme figure historique et rescapée des camps que pour la loi qu'elle a fait voter le 17 janvier 1975 ! Car pour elles, la contraception va de soi, et l'interruption volontaire de grossesse aussi. Elles ont du mal à comprendre que ces droits ont été acquis de haute lutte il y a à peine cinquante ans !

Leurs idoles sont, à leur niveau, au moins aussi influentes, comme la chanteuse Angèle – figure du féminisme depuis la sortie de son titre « Balance ton quoi » – ou encore Emma Watson

---

* Sondage CSA/Ministère des Familles, de l'Enfance et des Droits des femmes, « Perception de l'égalité entre les hommes et les femmes », août 2016.

– l'actrice incarnant Hermione dans la saga Harry Potter de J. K. Rowling, devenue ambassadrice de bonne volonté d'ONU Femmes (une entité des Nations unies pour l'égalité des sexes et l'indépendance des femmes dans le monde). Elles ont été également influencées par des youtubeuses militantes féministes comme Marion Seclin ou Natoo, ont suivi l'affaire Weinstein et le #balance tonporc, et ont développé de nouvelles formes d'activisme, en suivant des comptes Instagram ou Snapchat, en visionnant des vidéos YouTube, en s'abonnant à des pages Facebook…

Au collège ou au lycée, elles débattent avec leurs bandes et s'insurgent contre le harcèlement de rue, les violences sexuelles, le cyber-sexisme. À la rentrée scolaire 2020, des milliers de collégiennes et de lycéennes, à travers la France, ont répondu au #balancetonbahut lancé sur les réseaux sociaux. En minijupes, décolletés et crop-top montrant leur nombril, elles se sont mobilisées en partageant des photos sur les réseaux ou en se rendant ainsi vêtues dans leurs établissements, afin de défier la « tenue correcte » exigée par la plupart des règlements scolaires, qu'elles jugent sexistes.

« Je ne vois pas pourquoi les garçons auraient le droit de s'habiller comme ils le veulent et pas nous, les filles », s'indigne Léa, 15 ans. Même discours chez Camille, 16 ans : « J'adore mettre des décolletés. Je ne fais pas ça pour être sexy ou pour provoquer, juste parce que je trouve ça joli. Quand j'en mets, je sens des regards sur moi. Évidemment que ça m'agace, mais je le fais quand même, parce que ça me plaît. M'habiller autrement, ça serait comme céder au chantage, baisser les bras… Et ça, non ! » Quant à Maïa, 15 ans, elle se plaint des réflexions désobligeantes des garçons « qui ne se rendent pas compte de l'impact de leurs remarques, et qui sont soûlants ». Pour elle aussi, il y a un combat à livrer, une éducation à faire évoluer, celle des garçons surtout.

PLUS D'AUDACE, PLUS D'AMBIVALENCE AUSSI

Face à cela, de nombreux parents sont perdus et ont du mal à se positionner. C'est le cas de Laurence, 50 ans, mère de deux adolescentes âgées de 15 et 16 ans : « J'ai beaucoup de mal à calmer les élans féministes de mes filles. Elles veulent prendre le métro le soir en minijupe, elles imposent leurs points de vue sur tout et n'importe quoi, nous traitent de tous les noms dès qu'on essaie de les ramener un peu à la raison… Moi, quand j'avais leur âge, j'habitais en province. Mes parents étaient très traditionnels, les inégalités entre hommes et femmes bien plus criantes, mais jamais je n'aurais osé imposer mes choix et mes points de vue de cette manière. Je suis fière de leur audace, et en même temps, leur agressivité m'agace et leur naïveté m'inquiète. »

Cette mère a raison d'être fière de l'audace de ses filles. Elles veulent faire bouger les lignes et c'est tant mieux. Mais elles le font comme on le fait à leur âge, sans trop de nuances. C'est intéressant qu'elle les écoute, qu'elle discute avec elles, mais en les amenant peut-être un peu plus loin dans la réflexion, pour les aider à dépasser leur simple émotion. Leur dire, par exemple, que la façon dont on s'habille s'adapte aussi aux circonstances, car le vêtement envoie des messages sur l'état d'esprit de celui qui le porte : si je vais à une soirée où j'ai envie de plaire et d'être remarquée, je ne vais pas m'habiller comme quand je vais passer un oral de français. Cela vaut pour tout le monde : les adultes, comme les adolescents ! Quant à leur tenue, le soir dans le métro, Laurence peut parler au nom de sa propre inquiétude et leur expliquer que la société n'ayant pas encore complètement changé, elle craint qu'elles ne se mettent en danger en prenant le métro seules en minijupe !

Les filles sont ambivalentes par rapport à l'image qu'elles ont envie de renvoyer aux autres. C'est sans doute sur cette question que le paradoxe est le plus grand. Elles postent sur les réseaux sociaux, ouverts à tout vent, des photos d'elles très sophistiquées, très maquillées, avec des postures sexy. Parfois même, elles frôlent l'impudeur, mais en même temps, elles rejettent dans la réalité l'idée d'être des objets pouvant éveiller un désir. Jamais elles n'ont été aussi précocement « sexualisées » : à 12 ou 13 ans, elles se maquillent parfois bien plus qu'à 20 ans ; elles sortent le nombril à l'air et le short au ras des fesses, mais en même temps, s'insurgent contre les stéréotypes, qui, comme le dit Maïa, 15 ans, « sont archaïques et nous enferment dans des clichés » !

QUESTION DE PARENT

« Ma fille me taxe de sexiste quand je lui fais des remarques sur sa tenue ! »

« Depuis ce printemps, Félicie, 15 ans, s'habille de façon de plus en plus sexy. Des tee-shirts de plus en plus courts, des jeans de plus en plus serrés et taille basse. Quand je lui ai fait une réflexion, elle m'a taxé, moi, son père, de sexiste et est partie en claquant la porte. Elle ne se rend pas compte de

ce qu'elle peut provoquer chez les garçons et cela m'inquiète. Hier soir, elle est sortie avec un petit haut transparent et sans soutien-gorge. J'ai fait comme si je ne voyais pas, au risque d'exploser… Comment avoir une discussion constructive sur le sujet ? »

Il semble y avoir chez Félicie un désir plus ou moins conscient d'attirer le regard et de mesurer son pouvoir de séduction. Un désir de toute-puissance aussi – « Je fais ce que je veux, les autres n'ont rien à dire ! » Elle est dans une hyper-sexualisation qui est assez paradoxale avec les discours féministes qui, par ailleurs, peuvent la séduire.

Vos remarques, en tant que père, n'ont rien à voir avec du sexisme ; ce reproche a bon dos et est une manière de vous clouer le bec. Vous ne devez pas en rester là et discuter avec elle de ses contradictions. Vous pouvez lui expliquer, sans vous énerver et bien sûr sans l'humilier, votre point de vue qui est tout à fait respectable. Ce serait bien aussi que sa mère s'en mêle, lui donne son opinion et interroge avec elle ce besoin de montrer son corps sans jamais se poser la question du regard des autres. Elle n'est pas seule au monde et doit tenir compte de son environnement, c'est aussi cela grandir !

Parents, à vous de les faire réfléchir sur ces contradictions pour les faire vraiment grandir. Loin de les critiquer ou d'en rire, valorisez et essayez de comprendre leur désir de changement, mais en même temps, apportez un éclairage sur leurs paradoxes et osez poser des limites aux plus jeunes, au nom justement de ces paradoxes.

LES INÉGALITÉS DE SALAIRES

Parmi les inégalités hommes-femmes, qui irritent particulièrement les adolescentes actuelles, il y a les écarts de salaires. D'après les données de L'Observatoire des inégalités/INSEE 2017, les femmes gagnent en moyenne 23 % de moins que les hommes. À temps de travail équivalent, elles touchent 16,8 % de moins qu'eux.

Pour Sacha, 14 ans, ce constat est juste intolérable. « Je ne vois pas pourquoi les hommes gagnent plus que les femmes, clame-t-elle, d'un ton affirmé. Dans ma famille, c'est comme ça. Ma mère a toujours gagné moins que mon père. Elle avait moins de responsabilités pour s'occuper de nous, mais en horaires, elle travaillait autant que mon père et s'occupait de toutes les tâches ménagères en rentrant du travail. Depuis qu'ils ont divorcé, elle galère. Moi, je suis bien décidée à me battre pour gagner autant qu'un homme. Si un jour j'ai des enfants, je voudrais que mon mari s'en occupe aussi, et on changera les choses parce que c'est vraiment trop injuste ! »

Comme Sacha, beaucoup d'adolescentes de cet âge n'ont pas froid aux yeux, et on peut se féliciter de leur pugnacité. Mais là encore, il faut les aider à dépasser leur simple colère, à analyser avec elles l'évolution de la société et les progrès qu'il reste à faire.

Ainsi, sur la répartition des rôles dans la famille, dans le rapport aux enfants et notamment les petits, les générations de leurs parents, ou des personnes un peu plus jeunes, ont déjà bien fait évoluer les choses. Les pères ne répugnent plus à changer, nourrir, promener leurs bébés. Le congé paternité a été rallongé, montrant une prise de conscience sur la nécessité de les mettre à contribution pour soutenir les mères dans les premières semaines qui suivent une naissance. Ils s'impliquent plus dans l'éducation de leurs enfants et, pour les couples séparés, le système, devenu dominant, de résidence alternée les met à égalité avec les mères. C'était loin d'être le cas il y a moins de vingt ans. On avance, on avance donc. On peut le rappeler aux filles pour leur montrer que la société n'est pas figée et que derrière cette évolution, il y a toujours des femmes, qui comme elles, au départ, étaient en colère contre une situation qu'elles jugeaient inacceptable, mais qui n'en sont pas restées là !

Quant aux études, les filles font les mêmes que les garçons et elles n'ont rien à prouver sur leurs capacités à y réussir brillamment. Alors, bien sûr, on peut parfaitement comprendre que Sacha n'accepte pas que, arrivant dans le monde du travail, elles restent malgré tout défavorisées, moins bien traitées, moins bien payées.

Ce combat-là, il n'y a aucune raison que leur génération ne le gagne pas. Mais, là encore, il faut les pousser à sortir de la simple indignation et les encourager peut-être à s'investir davantage dans des associations, des groupes de réflexion, car c'est à plusieurs que l'on a le plus de chances de changer des situations inacceptables. Plus que la colère, c'est la détermination qui va faire bouger les lignes, et la solidarité féminine. Là aussi, il y a encore des progrès à faire.

SAUVER LA PLANÈTE

L'autre grand combat des adolescents d'aujourd'hui, c'est bien sûr la planète. Et si les filles sont, à travers le monde, en première ligne des manifestations pour le climat, ce n'est pas un hasard. Le fait que la lanceuse d'alerte soit une jeune fille comme elles, à laquelle elles n'ont aucun mal à s'identifier, n'y est sans doute pas pour rien : en quelques années, Greta Thunberg, la militante écologiste suédoise engagée dans la lutte contre le réchauffement climatique, est devenue l'icône d'une génération. Elle n'a que 15 ans en 2018 quand elle lance la première grève scolaire pour le climat, dans le but de dénoncer l'inefficacité du système politique face à ce problème. Les grèves seront suivies de marches pour le climat – Youth for Climate – qui, chaque année, appellent les collégiens et les lycéens à sécher les cours pour dénoncer l'urgence climatique. En osant aller rencontrer des leaders politiques et les mettre face à leurs contradictions et à leurs responsabilités, la frêle mais déterminée Greta Thunberg incarne cette génération qui a décidé de réagir face à l'inaction des puissants.

« Je ne devrais pas être ici, je devrais être à l'école de l'autre côté de l'océan », lançait-elle, dans un discours plein d'émotion à l'ONU en 2019. « Vous m'avez volé mes rêves et mon enfance avec vos paroles creuses. » Cette vidéo a fait le tour du monde et a ému les adolescentes du monde entier.

« Quand j'ai vu cette vidéo, j'ai eu les larmes aux yeux, se souvient Axelle, 16 ans. J'ai eu l'impression, tout à coup, que j'avais un rôle à jouer, que je pouvais apporter ma pierre à l'édifice. J'en ai parlé à mes parents le soir au dîner, mais ils ont rigolé en disant que cette fille était bien jeune et n'y connaissait pas grand-chose. Je me suis sentie humiliée, pas prise au sérieux. »

Greta Thunberg est suivie aujourd'hui par une jeune Indienne, Ridhima Pandey, qui vient d'être distinguée par la BBC parmi les 100 femmes qui changent le monde. À 13 ans, elle est la porte-parole de la jeunesse indienne contre l'urgence climatique, dans son pays qui est le troisième émetteur de gaz à effet de serre. Elle multiplie les interventions dans les écoles et les collèges pour mobiliser la jeunesse.

Deux filles de leur âge, porte-drapeaux pour une cause qui leur tient à cœur : on comprend que les mouvements identificatoires soient faciles, et que les adolescentes aient envie, comme le dit Axelle, « d'être prises au sérieux ». Et les parents d'Axelle auraient dû réagir différemment, car leurs rires étaient une façon de clore le dialogue, avec une note de mépris désagréable.

Être prises au sérieux, voilà un désir ardent, partagé par bien des adolescentes. « Cela nous donnerait confiance en nous, alors que souvent, nos parents nous regardent en souriant, comme si on ne comprenait rien à rien », confirme Maïa.

QUESTION DE PARENT

« Mes filles ne veulent plus prendre l'avion, "ça pollue trop" ! »

« Depuis toujours, nous sensibilisons nos trois filles, âgées de 12 à 17 ans, à la préservation de la planète. Nous faisons le tri sélectif, fabriquons notre compost, nous utilisons au maximum des produits naturels… Et nous sommes fières qu'elles adhèrent à ce mode de vie. Mais quand, l'autre soir, nous avons évoqué le voyage que nous leur offrons pour fêter notre anniversaire de mariage en Amérique du Sud, l'aînée, qui a bientôt 18 ans, a décrété qu'elle ne voulait plus prendre l'avion à cause de l'empreinte carbone. Là, j'ai trouvé que ça allait trop loin. Comment en parler sereinement et mener à bien notre projet de manière à ce que tout le monde soit content ? »

Vos filles partagent vos valeurs et vous devez d'abord vous en réjouir. L'aînée est cohérente et va au bout de sa logique. Vous ne pouvez donc pas la contraindre à venir avec vous, et c'est la première chose à lui dire ! Mais vous pouvez lui expliquer aussi combien ce projet est important pour vous, son père et ses sœurs. Peut-être pouvez-vous lui faire valoir que, quand on a le choix entre deux moyens de transport, ne pas choisir l'avion est un choix responsable, et que vous êtes fière qu'elle y adhère. Mais rappelez-lui quand même la réalité : sur des distances aussi longues, l'avion reste l'unique possibilité, à moins d'avoir plusieurs mois devant soi, ce qui n'est pas votre cas. Rassurez-la en lui disant qu'elle ne trahira pas ses idéaux en vous accompagnant, car justement, pour faire ce voyage-là, prendre l'avion est l'unique solution. Et pourquoi ne pas en profiter pour lui dire que vous tenez infiniment à elle et que cela vous ferait un immense plaisir qu'elle partage avec vous ce grand événement familial ?

Les adultes ont le droit d'avoir leurs opinions, et c'est même très sain que celles-ci ne soient pas toujours celles de leurs enfants. Cela ouvre le débat et peut astucieusement développer chez eux leur esprit critique, leur sens de la nuance, de la modération. D'ailleurs, cela va dans les deux sens, car les idées des plus jeunes font aussi réfléchir leurs parents, et sur ces questions d'environnement, ce sont sans doute parce que les plus jeunes se sont mobilisés que les adultes ont vraiment pris conscience des problèmes qu'ils ne voulaient pas voir.

Parents, il faut savoir lutter contre la réaction épidermique de domination face à un enfant qui vous fait la morale et sortir du « je suis ton père/je suis ta mère, ce n'est pas toi qui vas me donner des leçons » – même si, reconnaissons-le, cela peut être un peu énervant de passer pour celui qui ne comprend plus rien à rien !

TOUTES VEGAN ?

La cause animale est aussi un sujet sensible. Les nombreux documentaires sur les conditions de vie des animaux, sur la manière de les abattre, ont touché notamment ces jeunes filles qui, de plus en plus, rejettent l'idée de manger de la viande et se déclarent « vegan ».

Simple effet de mode ou comportement durable et réfléchi ? Peut-être un peu des deux. L'avenir le dira. Leurs parents, eux, s'inquiètent de ce qu'ils considèrent comme une lubie et redoutent que ce rejet soit le début d'un trouble alimentaire.

C'est le cas de Floriane, dont la fille de 14 ans, Lise, a décidé, « du jour au lendemain », précise-t-elle, de ne plus manger de viande, de poulet et d'œufs. « Elle est allée sur un site qui dénonce la maltraitance des animaux et refuse, depuis, de manger comme nous. Son père est furieux et dit que ce sont des caprices ; moi, je m'inquiète, car j'ai peur qu'elle ait plein de carences et qu'elle ne se nourrisse pas assez, d'autant plus qu'elle n'a pas fini sa croissance. »

Son père a tort de penser que ce ne sont que des caprices. C'est certes probablement une façon de se différencier de ses parents et d'affirmer sa personnalité, mais il peut y avoir aussi une volonté de ne pas être associée à ce qu'elle considère comme de la cruauté envers des êtres vivants. Autre témoignage, celui de la mère d'Hortense, 14 ans.

Là encore, cette prise de conscience mérite d'être prise au sérieux et discutée, sans jugement définitif. Lorsque l'adolescente est en pleine croissance, ses parents sont en droit de se poser la question de son équilibre alimentaire. Cela serait intéressant qu'ils aillent avec leur fille en discuter avec un nutritionniste pour savoir comment elle peut compenser d'éventuelles carences.

QUESTION DE PARENT

« Ma fille est devenue végétarienne »

« Depuis quelques mois, à la suite d'une intervention dans sa classe sur le réchauffement climatique, Hortense, notre fille aînée, est devenue très écolo. Je l'encourage et cela a permis à toute la famille de mieux faire le tri. Mais la semaine dernière, elle a déclaré, à table, qu'elle était désormais végétarienne, et souhaitait, à terme, devenir vegan. Au-delà du fait que c'est un peu compliqué à gérer sur un plan logistique, car le reste de la famille mange de tout, je m'inquiète pour sa santé. Depuis, on ne parle plus que de ça à table, nos relations sont tendues… Comment lui faire entendre raison ? »

Comme beaucoup de parents, vous vous inquiétez de la décision d'Hortense de devenir vegan. C'est un choix qui est devenu courant chez les filles. Elles sont plus ou moins authentiques ; certaines sont réellement motivées par la cause animale et l'écologie, mais pour d'autres, c'est une posture à la mode qui ne durera pas. Sa persévérance vous dira de quel côté elle se situe. Évidemment, cela complique les repas familiaux, mais je crois qu'il est inutile de trop en parler, car cela donne à Hortense une place un peu surdimensionnée, qu'elle recherche peut-être par ailleurs. Vous pouvez déjà la laisser prendre en charge ses menus quand ils ne s'accordent pas aux vôtres, mais ne pas lui accorder le droit de les prendre seule, en s'excluant ainsi de la vie de famille. Soyez vigilants, son père et vous, observez si elle continue de se nourrir suffisamment, si elle ne trie pas ses aliments, si elle ne maigrit pas. Renseignez-vous avec elle sur les aliments à privilégier pour garder un équilibre alimentaire et ne faites pas trop de commentaires sur sa façon de se nourrir, car la susceptibilité des filles sur ce sujet est vive.

AVOIR UN TRAVAIL ET UNE VIE QUI ONT DU SENS

Autre aspiration des adolescents d'aujourd'hui : avoir une vie et un métier qui ont du sens et les intéressent.

Mathilde, 17 ans, pose un regard critique sur la carrière de ses parents, qui ont eux-mêmes pourtant bien « réussi » pour leur génération : « Mes parents travaillent dans la même entreprise depuis vingt-cinq ans. Ils se sont rencontrés là-bas et ils sont bien partis pour y rester jusqu'à leur retraite. Passer quarante ans de sa vie à faire le même boulot, dans un bureau, avec les mêmes personnes, ça me donne la nausée, surtout pour vendre des pots de crème et rentrer tous les soirs stressés. Alors non, merci ! D'accord, on a une maison sympa et de jolies vacances, mais ma vie je ne la vois pas comme ça. Plutôt mourir ! »

Bien sûr, les adolescents ont, de tout temps, rêvé de « faire mieux » que leurs parents, cela est de bonne guerre. En grandissant, ils s'aperçoivent souvent que la vie n'est pas si simple que ça et, généralement, leur point de vue sur leurs aînés s'adoucit. Mais force est de constater qu'aujourd'hui, ils ne sont plus prêts à sacrifier leur passion pour un bon salaire ou un plan de carrière tout tracé. Ainsi, dans un sondage Ipsos de 2000 *, le métier le plus plébiscité par les jeunes est celui de chef/créateur d'entreprise. À la question « Pour vous, réussir, c'est… », ils sont 51 % à répondre « exercer un métier passionnant », alors que « gagner beaucoup d'argent » n'arrive qu'en troisième position, avec 17 % des suffrages.

Si beaucoup de parents, soucieux de l'avenir de leurs adolescents qui ont des rêves plein la tête, ont tendance – avec raison – à leur rappeler « qu'on ne fait pas toujours ce qu'on veut dans la vie », et que le bon vieux discours « Passe ton bac, fais de bonnes études, tu choisiras après ce que tu veux faire » est toujours très présent, il est toutefois important de ne pas les mettre dans des cases.

Leurs aînées, celles que les sociologues nomment « les milléniales » ou génération Y, ont déjà un regard sur le travail très différent de celui de leurs parents et ne se voient pas travailler sans trouver un vrai sens à ce qu'elles font. Il est très probable que la pandémie va continuer de faire évoluer le rapport au travail. L'obligation de télétravailler a éloigné les salariés de leur entreprise. La menace sanitaire et le repli sur la famille ont redéfini

* Sondage exclusif réalisé par SCP Communication et les étudiants en première année de l'Efap (école des métiers de la communication) pour *Le Parisien*, entre le 29 novembre et le 3 décembre 1999, auprès d'un échantillon national représentatif de 567 personnes âgées de 15 à 24 ans.

des priorités, et beaucoup de jeunes couples envisagent de vrais changements de vie, loin des grandes villes et des appartements exigus où il a été si difficile, pour les adultes comme pour les enfants, de vivre cet enfermement. Un tournant important semble engagé et dans l'avenir, le monde du travail sera sans doute bien différent de celui que nous connaissons aujourd'hui.

Parents, c'est l'occasion de sortir de schémas trop normatifs quand l'un ou l'autre de vos enfants ne semble pas trouver son équilibre dans des cursus dits classiques ou élitistes. C'est passionnant de découvrir chez un enfant un véritable intérêt pour une activité artistique, sportive, manuelle et de le valoriser, le pousser à aller plus loin. Il ne s'agit pas de lui faire croire que son avenir est tout tracé, qu'il réussira sans travail et sans contraintes, mais de lui ouvrir un horizon plus large, qui lui redonne confiance et qui l'épanouisse.

QUESTION DE PARENT

« Ma fille ne veut pas penser à son avenir »

« Ma fille Noa entre en première l'an prochain et, au-delà du fait qu'elle ne travaille pas beaucoup et a des résultats très moyens, elle n'a aucune idée de ce qu'elle veut faire. J'essaie de la guider, je fais des recherches avec elle sur Internet, je la pousse à aller parler avec des enfants d'amis, plus âgés, de leurs études. Mais la seule chose qu'elle me dit, c'est : "Je veux faire un métier qui me plaise, et pas dans un bureau." Je trouve sa réaction assez naïve. Comment faire pour lui remettre les pieds sur terre ? »

C'est effectivement une réponse assez immature, qui ne sort pas de la logique infantile du « j'aime, je n'aime pas ». Noa semble être dans une attitude d'évitement, probablement parce que cette question l'angoisse. Elle la projette dans un avenir d'adulte qui lui fait peur, car elle l'éloigne du principe de plaisir dans lequel elle se complaît. Elle ne veut pas quitter sa bulle d'ado, pour qui l'avenir, c'est demain matin, dans une immédiateté qui laisse peu de place à la réflexion. Sa remarque lapidaire « pas dans un bureau » en dit quand même long sur le fait qu'elle se représente le travail comme un enfermement.

Elle est peut-être aussi bloquée dans des contradictions : faire un choix conforme aux modèles alentour pour rester dans le même moule que sa famille, ses amis, ou oser autre chose, un travail artisanal par exemple, au risque d'être jugée ou de se sentir dévalorisée.

Il faut l'encourager à réfléchir, mais peut-être axer davantage cette réflexion sur sa personnalité. On peut imaginer qu'elle est plus active que contemplative, qu'elle préfère agir concrètement, plutôt que d'élaborer des concepts. On peut lui montrer que ce sont des qualités qu'elle doit exploiter. Surtout, rassurez-la en lui disant que chacun finit par trouver sa voie et que vous lui faites confiance.

En résumé

- L'adolescence est l'âge des grands idéaux, mais aussi des paradoxes.

- Aujourd'hui, les adolescentes sont très impliquées dans le combat pour la parité, la sauvegarde de la planète et la lutte contre la souffrance animale.

- Sur un plan professionnel, elles veulent un métier qui les intéresse et qui ait du sens.

- Leurs valeurs, elles les défendent sur Internet et les réseaux, et en suivant leurs idoles.

Mes conseils

✔ Soyez fiers de leur audace et de leur pugnacité. Elles veulent faire bouger les lignes, tant mieux !

✔ Il est essentiel de les écouter, de discuter et de les amener à réfléchir pour dépasser leurs émotions.

✔ Elles ont besoin d'être prises au sérieux : évitez de vous moquer ou de critiquer leurs combats, essayez plutôt de comprendre leur désir de changement.

✔ Dites-vous que leurs combats sont un formidable moyen pour vous de sortir de vos schémas, et de vous ouvrir !

Conclusion

Parents de filles déjà adolescentes ou qui ne tarderont pas à l'être, en refermant ce livre, vous vous dites sans doute que la tâche est ardue. Et vous avez raison.

Comme nous l'avons vu, cette période « entre deux », souvent attendue par les intéressées et redoutée par leurs parents, quoi qu'il en soit déstabilisante pour tous, survient aujourd'hui beaucoup plus tôt qu'auparavant. Résultat : parfois à peine pubères, les adolescentes d'aujourd'hui sont projetées dans un monde qui les fascine, mais dont elles ne mesurent pas tous les dangers, et que, malgré ce qu'elles croient, elles ne peuvent pas maîtriser. Elles sont à la fois très débrouillardes, pressées de faire mille et une expériences – et les tentations actuelles sont nombreuses –, mais en même temps, elles sont peu armées devant l'adversité. Enfants souvent surprotégées par leurs parents, peu responsabilisées, elles passent presque du jour au lendemain de la petite fille heureuse d'être à la maison à l'adolescente qui revendique des droits à une liberté souvent prématurée.

Vous avez donc toutes les raisons d'être désappointés.

D'autant plus que, ces dernières années, l'évolution de la société a été fulgurante. Face à la révolution numérique – généralisation du téléphone portable qu'elles possèdent presque toutes en fin de primaire ou au début du collège, essor d'Internet, accès aux réseaux sociaux de plus en plus nombreux et variés, accélération des rythmes de vie, etc. –, nous manquons tous cruellement de recul et de points de repère. Il n'est pas facile pour vous, parents qui n'avez pas connu vous-mêmes ces outils et êtes la plupart du temps complètement dépassés, de prendre la mesure des risques que vos filles encourent quand elles s'affichent sur les réseaux sociaux ou qu'elles passent leur temps à y regarder la vie des autres, en se comparant, en se dévalorisant et en se faisant des illusions !

Car ces nouveaux outils répondent parfaitement aux préoccupations des adolescentes, centrées sur leur image et sur leur popularité. Sur leur image, parce que les transformations pubertaires leur imposent d'apprivoiser un corps nouveau, qui les met face à des émotions inédites et troublantes. Elles l'observent à loisir en regardant les photos d'elles qu'elles postent en attendant fébrilement les réactions de leurs followers. Elles testent, par la même occasion, leur popularité, car avoir le plus grand nombre d'amis renforce leur confiance en elles.

Devant prendre, de manière impérieuse, de la distance avec l'enfance et réaménager leurs rapports avec vous, leurs parents, les amis sont en effet des soutiens indispensables, et elles sont prêtes à tout pour pouvoir les voir à leur guise, les sorties du week-end deviennent ainsi vite des rituels âprement revendiqués ! Grandes joies, beaucoup de rires et de complicité, mais aussi des risques de dérapage et d'excès, l'alcool pouvant leur faire vite perdre la tête. Des déceptions et des souffrances peuvent être aussi au rendez-vous, car leurs relations avec leurs amis sont en effet souvent ponctuées de ruptures, de conflits, de méchancetés qui prennent parfois des tournures dramatiques, les réseaux sociaux les faisant résonner à l'infini.

Elles sont donc prises dans un tourbillon qui peut être étourdissant. Elles sont comme des équilibristes sur un fil !

Le confinement imposé par la crise sanitaire a confirmé combien les liens sociaux leur sont indispensables ; nous avons vu à quel point, chez un grand nombre d'entre elles, en être privées a été source de vraies difficultés, de grandes angoisses pour certaines. Les troubles anxio-dépressifs chez les adolescentes ont largement augmenté et les services psychiatriques spécialisés dans leur accueil ont été submergés de demandes. Le repli en famille a pu être réjouissant quelque temps, mais à la longue, la lassitude a pris le dessus. Elles ont trouvé refuge sur leurs écrans, ce qui a aussi augmenté le nombre de dérapages sur les réseaux sociaux. L'omniprésence de leurs parents n'a pas été bien vécue, leur donnant la désagréable impression de régresser ! Trop présents, les parents ?

Ne nous leurrons pas. Certes, les adolescentes aspirent à plus de distance, mais malgré les apparences, elles ont encore besoin de votre soutien sans faille. La tâche est rude pour vous, l'énergie dépensée peut être importante, fatigante. Vous avez souvent peur d'être moins aimés, d'être considérés comme des vieux qui ne comprennent rien à la jeunesse. Parfois, vous êtes seuls pour faire face, ou quand vous êtes deux, mais séparés, vous avez du mal à vous accorder sur les limites à poser. Et vos filles en profitent alors pour faire ce qu'elles veulent.

Malgré ces difficultés, c'est aussi un beau challenge qui s'offre à vous : pour rester à l'écoute malgré les conflits, trouver la juste attitude et les bons mots quand l'écart semble se creuser inéluctablement, rester des guides attentifs même quand la confiance semble fragile. Soyez confiants, elles vous entendent souvent plus que vous ne le croyez et sauront même vous en être reconnaissantes.

Enfin, restez ouverts, curieux, car n'oubliez pas que par leurs combats, leurs indignations, leurs aspirations, elles vous ouvrent des horizons et vous aident à vous remettre en question : une vraie chance !

Comme nous l'avons dit tout au long de ces pages, les parents de garçons ont aussi leur rôle à jouer en éduquant leurs fils de manière responsable dans ce monde en mouvement.

Nous espérons que ce livre vous aura permis de mieux comprendre l'évolution des comportements des adolescentes aujourd'hui, les enjeux qui se négocient, et les risques auxquels elles sont plus précocement qu'autrefois exposées. Et surtout, qu'il vous aura encouragé à ne pas baisser les bras, à toujours chercher les réponses à leur apporter, à garder le lien malgré tout, pour être des socles solides, qui donneront le plus de chances possible à vos filles de devenir des jeunes femmes structurées, autonomes, libres et prêtes à réaliser leurs rêves.

Bibliographie

Catherine Audibert, *Le complexe de la marâtre : être belle-mère dans une famille recomposée*, Payot, 2017.

Amine Benyamina, Marie-Pierre Samitier, *Comment l'alcool détruit la jeunesse*, Albin Michel, 2017.

Annie Birraux, *Parce qu'il faut bien quitter l'enfance*, La Martinière, 2002.

Alain Braconnier, *Petit ou grand anxieux ?*, Odile Jacob, 2002.

Alain Braconnier, Daniel Marcelli, *L'adolescence aux mille visages*, Odile Jacob, 2017.

Béatrice Copper-Royer, *Premiers émois, premières amours*, Albin Michel, 2007.

Béatrice Copper-Royer et Guillemette de La Borie, *Non, tu n'es pas encore ado !*, Albin Michel, 2004.

Victor Courtecuisse, *L'adolescence. Les années métamorphose*, Stock, 1992.

Eric Dechavanne, Pierre-Henri Tavoillot, *Philosophie des âges de la vie*, Grasset, 2007.

Françoise Dolto, *La cause des adolescents*, Pocket, 2003.

Michel Fize, *Les nouvelles adolescentes*, Armand Colin, 2010.

Sigmund Freud, *Trois essais sur la théorie de la sexualité*, Folio Essais, 2001.

Philippe Jeammet, *L'adolescence*, J'ai Lu, 2004.

Philippe Jeammet et Denis Bochereau, *La souffrance des adolescents*, La Découverte, 2007.

Daniel Marcelli, *Le règne de la séduction : un pouvoir sans autorité*, Albin Michel, 2012.

Daniel Marcelli, Alain Braconnier, Louis Tandonnet, *Adolescence et psychopathologie*, Elsevier Masson, 2018.

Marie-Rose Moro, *Les ados expliqués à leurs parents*, Bayard Culture, 2015.

Juan David Nasio, *La douleur d'aimer*, Payot, 2005.

Xavier Pommereau, *Quand l'adolescent va mal*, J'ai lu, 2003.

Xavier Pommereau, *Ado à fleur de peau. Ce que révèle son apparence*, Albin Michel, 2006.

Donald W. Winnicott, *L'enfant et sa famille*, Payot, 1975.

Donald W. Winnicott, *L'enfant et le monde extérieur*, Payot, 1982.

Donald W. Winnicott, *Processus de maturation chez l'enfant*, Payot, 1974.

ROMANS

Vanessa Bamberger, *L'enfant parfaite*, Liana Levi, 2021.

Loulou Robert, *Zone grise*, Flammarion, 2020.

Vanessa Springora, *Le Consentement*, Grasset, 2020.

Camille Kouchner, *La familia grande*, Le Seuil, 2021.

Lola Lafon, *Chavirer*, Actes sud, 2020.

POUR LES ENFANTS QUI S'INTERROGENT SUR LA SEXUALITÉ

Dominique de Saint-Mars, Serge Bloch, *Max et Lili veulent tout savoir sur les bébés*, Calligram, 2004.

Thierry Lenain, Serge Bloch, *Graine de bébé*, Nathan, 2014.

Françoize Boucher, *Le livre qui te dit enfin tout sur l'amour*, Nathan, 2016.